U0131322

INK INK INK INK INK INK
INK INK INK INK INK INK INK
INK INK INK INK INK INK
INK INK INK INK INK INK INK
INK INK INK INK INK INK
INK INK INK INK INK INK INK
INK INK INK INK INK INK
INK INK INK INK INK INK INK
INK INK INK INK INK INK
INK INK INK INK INK INK INK
INK INK INK INK INK INK
INK INK INK INK INK INK INK
INK INK INK INK INK INK
INK INK INK INK INK INK INK
INK INK INK INK INK INK
INK INK INK INK INK INK INK
INK INK INK INK INK INK
INK INK INK INK INK INK INK
INK INK INK INK INK INK
INK INK INK INK INK INK INK
INK INK INK INK INK INK
INK INK INK INK INK INK INK
INK INK INK INK INK INK
INK INK INK INK INK INK INK
INK INK INK INK INK INK
INK INK INK INK INK INK INK
INK INK INK INK INK INK

INK

文學叢書

040

加羅林魚木花開

沈花末◎著

For Emily and J.

目次

輯三

輯四

夢中花樹

——序沈花末散文集《加羅林魚木花開》

向陽

彷彿鮮豔花苞燃放樹葉叢中一樣，詩人沈花末近年來的散文作品一直讓我感到亮眼。花末是我熟識已久的朋友，曾與我長期在《自立晚報》共事，我們都從大學時代開始發表詩作，識之既稔，本來難有新鮮發見，但幾年來每當報端發表她的散文新作，總給我未嘗相識的感覺。

花末以詩名家，年輕時代就展現了她異於同輩詩人的細致詩思、敏銳感性，以及不落言詮、意在象外的語言處理能力。她有首寫於七〇年代的小詩〈冬天〉，短短三行，「伊是畏懼憂傷的女子／手持一朵白色薔薇／企圖抵抗春天」，至今我還記得，憂傷、白色薔薇、春天，這三組語言脈絡，構成動人心魄的情境，一個愛花而多愁的少女與冬日白色薔薇凝結爲一，淒然而有寂靜之美。這是花末駕馭語言能力的自然流露，以之爲詩，卓而不群；以之爲文，當然更是駕輕就熟，脫俗超塵。遺憾的是，花末惜墨如金，兼以其後主持〈自立副刊〉編務，她的詩與散文創作也因而銳減，直到《自立晚報》停刊之後，我們一群報館內的文友星散，我才又開始看到花末的詩與散文，燦放在文學副刊與雜誌的野原之上。

而這時，我們都已入中年，最少就我來說，年輕時的夢想和銳氣已經遠去，攀爬在紙端上的文字，猶似絕崖懸壁上的草樹，只能向著頂上的天空掙扎呼叫，聲瘖啞而氣如絲，啓筆書寫，已現老態——花末則不，我從她近期寫的散文中看到了優雅自如、不疾不徐的步調，通過她筆下的花樹草葉，通過她的居家生活，也通過她對童年故鄉的回憶，一路走來，俐落自然，毫無滯澀，表現出雍容不迫的流暢、清瞿動人的秀美之姿。在她近期的散文作品中，我聞到台灣鄉間花開滿樹的淡香，看到都會巷弄中老樹的虯櫛蓊鬱，晴空靜美，車聲人聲，逐一隱去；也在她的文字與筆調之下，我聽到昔日歲月細碎的步履，從記憶的邊陲，行經暗夜甬道的聲音，我聽到童年和友情赤著雙腳奔跑而來的招呼；我更看到眾多的台灣花草，在詩人細膩的觀察和深刻的描繪下，甦醒過來，給予閱讀者回眸的百態嬌豔……

我對花末散文的亮眼感覺，就是來自這種閱讀的美感經驗。花末以詩人靈視和筆觸寫日常生活，從草花木樹寫到人情鄉情，表面上筆調淡雅，如素墨水漬，輕輕帶過，不著痕跡，實則肌理分明、層次井然，深刻地刻繪了夙爲我們所忽視、所不見的天地景觀。作爲本書書名的〈加羅林魚木〉一文，就是這樣典型的佳作。這篇散文以「三月下旬，這棵樹開始開花了」啓筆，描繪家居附近公園旁的一棵老樹的花開，花末先用細膩的筆致寫老樹開花的景象：

最初是零零落落的幾處黃白花球散布。走近仰望，每一團花球是由十幾朵花構成的，除了底下的三、四朵是黃色外，上面的全部都是純白。初生的葉子柔軟嫩綠，葉脈上淡淡的紋理襯著黃的花瓣，白的花瓣，色澤柔亮。往上看，我的視線穿過花隙、葉隙，再到遠處，是一些如雪一般的雲朵，與一個灰藍的天空。

接著敍述她和女兒看樹看花的日常生活趣味，再接著帶出和朋友Y的人生結緣，通過Y知道了老樹名加羅林魚木——文章寫到這裡，老樹、女兒、舊友之間的情緣便與作者的感情合而於一，生命的富實與歡喜也自然浮出。看來是意到筆隨、散淡著墨的筆致，背後竟是綿密、深刻的結構與肌理；而文章結於赫曼．赫塞〈花朵亦不倖免〉的詩句，點出繁花也有謝時，人生亦同，但人「可以專心注視一棵樹開花，一棵樹花落」，已足堪歡喜。

花末的散文，是在這種淡雅之中現出了力道。明人小品強調「性靈」和「趣韻」，用袁宏道的說法，性靈在於表現「有我」與「存眞」；趣韻則在童心情眞的流露，如山之有色、如水之有文。山之色，嵐也；水之文，波也；山無嵐，則枯，水無波，則腐。花末描寫一棵樹，寫她的花開花落，正如同寫山，寫她的雲霧嵐影，寫水寫她的波文浪花，乃就趣韻橫溢，讓觀者動容。淡筆之下，蘊藏深意，淺墨之中，流露深情，正是這篇〈加羅林魚木〉，同時也是花末收入本書中的散文共有的特質所在。這是晚明小品破除制式道統經文束縛、再現性靈眞淳的可愛之處，我在花末的近期散文中，看到的正是這種散文自由精神的再生和延展。

其次，我也必須說，花末的散文書寫，一如她的名字，花末餘香，耐人閱讀、咀嚼。這一方面來自她對語言、意象的高度掌握能力，但更重要的，應是來自她從現實環境中提煉出來的生命體悟，部分又與她來自鄉村的成長經驗有關。這本散文集中有甚多篇章寫到童年記憶、故鄉景觀、舊友追記，如「輯三」、「輯四」所輯作品都是。在這兩輯之中，花末寫故鄉童年難忘的景觀，兼及童年記憶，〈河〉與童年、故鄉「纏繞在一起」，成爲「我的河，我的祕密之河」，「一條沒有名沒有姓卻是豐富之河」，在這條河流過的土地上，花末的心靈被大自然啓開了，玉蘭葉、燈籠花、黃槿花、雞屎藤、咸豐草、刺竹、龍眼樹，都進入詩人的心窗，讓她保有來自鄉野最最純美的夢想。我在閱讀這些散文作品的過程中，看到自然和土地孕育出來的心靈的不被污染，以及素樸的純眞，貫串而成爲沈花末散文的核心旨趣。這使她的散文不致流於虛浮的花草吟誦，她對花樹的描繪不致膚淺虛誇，即使夢中，這些花樹都霑帶著泥土的濕氣與香味。

花末的這本散文集，還有一個特色，是對我們處身的生活環境的疼惜關愛。花與樹，作爲一個生活／自然環境的指標與象徵，正如同詩的符號一樣，花末寫花寫樹，寫存活在我們周遭卻被不爲我們所見的老樹小花，從她現在居住的都會閭巷，寫到如今已在夢中的童年故鄉的野地植物，在逝去的年代中，最美好的記憶總是花與樹幫我們保留下來的；在存活的此刻，最美麗的日子總是花與樹幫我們燦開來的。花末用一系列的花樹誌刻畫出的當代台灣的美麗圖繪，每一幅都能喚醒我們，去關心住家附近、巷弄之中存活的樹與花開花謝的訊息，並且體會其中暗喻的我們的生命和自然環境無可切割的命運。從自然寫作的意義來看，花末結廬在人境，而聞花樹香，以詩人的筆和性靈，娓娓細訴她的花樹經驗，閒淡之中饒富趣韻，更教人動容。

總是在這城市裡，在這島上繞著繞著，找尋生命的啓發和意義。每在季節嬗遞之際，眼見著一個小小花苞，一片小小葉子，也仍然可以歡喜，可以心有所感。

與花末相識二十多年，寫作爲同儕、工作爲同事，同樣來自台灣中部鄉野，同樣至今仍滯留台北，我很高興有機會爲她這本亮眼的散文集撰寫讀後，也希望這篇小文能提供讀者更多啓發，進入沈花末的花樹世界中，通過閱讀，親身體會夢中花樹，繽紛無言的美麗和啓示。的確，一個小小花苞，一片小小葉子，也仍然可以歡喜，可以心有所感。

二〇〇三年六月九日南松山

【自序】

光陰漫漫

——劄記幾則

沈花末

四月初，春色已至，加羅林魚木開花了。

我總是被分心。出門，會去看這棵樹；返回，也要有意經過。當然，面對盛華，被分心的不祇是我。有一次更親眼看見一名衣著時尚的婦人，慌慌張張衝到附近的水果攤，大叫：「老闆，那開的是什麼花？」

花，是生活裡的瞬息光輝。

Z打電話來說，某位讀者問她何處可以見到這棵樹。這位讀者已經尋過他處不著。

我說：「看花正是時候。」

Z說：「我要看。」

打電話給C，C說：「我也要看。」

第二天中午我們見面吃飯看花。

這一目了然的是有限的生命周期，一年一度不動聲色進行著，即便短促，卻是完成。

明年春天，這棵樹仍然會開花。

有幾次從夢境中醒過來，想著剛剛的夢，還是歷歷如繪。夢，大部分是自己漫無目的的遊蕩著。那些密密的樹，胡亂伸長的枝葉，日頭篩落，其中的光和影，顏色和線條，糾纏的藤類，沉靜的雲朵與深邃的風，……竟不知樹林止於哪裡。

也不知道到了何處醒過來，卻是遲遲未能離開已經離開的夢中景象。那景色正是一塊一塊拼湊的殘片，向過往的歲月呼喚。回聲仍不在記憶的範圍之內。

那，毋寧是一片童年景色吧。

夜裡，妳打來電話，講的是年後的同學會日期，然後，妳說很高興我與L這許多年來一直有聯絡，可以從我這兒拿到她的電話號碼。因爲初一時妳和L很好，可是後來妳和Y好，妳認爲感情只能一對一，即使是同性之間，所以L便落寞了，妳於是昨夜打電話給L，對她說出妳內心的遺憾，我說我對C也有相似的歉疚，希望再相見時可以對她說得出來。其實我們已經歷過人生大半，磨難嘗過，形貌也已改變，但是值得祝福的是妳仍保有一顆單純的心。

那年五月，有人提議去看螢火蟲。我們被說動了。白日雖碌碌追索許多好風光，夜裡，還想再來一場更大的體驗。

夜晚了，十分陌生的一條山路，前面展開的是無垠的暗鬱。彎彎曲曲而去，數度迷路，果眞到了傳說裡螢出現的地方。萬萬千千的飛行，也有那停駐在葉上、草間的，皆各自發亮，眞的是一大片螢的所在。全部的燈光止息。天空裡，幾滴光芒寥落，地上星星繁茂緘默，華耀至極。聲響隆隆的是蟲子的鳴叫。呼吸到的是寬宏的氣味。

黯黑中，我感知一條潺湲幽幽，溪石嶙峋的蜿蜒水流，有若與我促膝密談。

材料：

馬鈴薯一個，削皮切小塊

奶油二茶匙
洋蔥一小個，切小塊
芹菜三分之一棵，切小丁
蒜一粒，拍碎
迷迭香二分之一茶匙
鹽二分之一茶匙
胡椒二分之一茶匙
番茄二個，切丁或壓碎
胡蘿蔔一根，切丁
高麗菜四分之一顆，切片

作法：

1. 在鍋中放入兩碗水，中火煮馬鈴薯到熟軟，約十五分鐘後撈起。
2. 把奶油放入鍋中融化。
3. 加入洋蔥、芹菜、大蒜、迷迭香、鹽和胡椒，用木匙攪拌五分鐘。

4.加入番茄、胡蘿蔔、高麗菜、馬鈴薯，繼續攪拌。

5.加入三杯水，燒開，蓋上鍋轉小火悶煮二十分鐘。

6.以上為四到六人份。

調味料：

二〇〇一年濕悶的夏天，其中六個星期，每逢禮拜一、禮拜四下午，送女兒去上英文課。上完英文課，便到誠品兒童館看書兼消暑。

有一日，我看到一本書，*Blue Moon Soup*，是一本湯食譜。對於藍有著無以言喻的愛，所以就打開閱讀。女兒走了過來，我們便把這本食譜買回家。

Summer Solstice Soup，夏至湯。是我們的第一道湯。

我們在近午前到超市採買材料，女兒手上拿著紙頁，按著書上抄下來的名字，一項一項買齊全。

廚房很小、很熱。我們母女二人切切洗洗完畢，就在鍋中加料，一個顏色又一個顏色，偶爾她的爸爸進來察看攪拌，這樣一直到一鍋繁複燦爛完成。

那日是七月二十一日，星期天，二〇〇一年。

這一本書，前後的寫作時間約爲十年。十年的光陰漫漫，一個剛出生的嬰兒，正好是長到小學四年級的年紀，小學四年級，已經可以認識許多事情；而一粒種子初初播下，十年的光陰，也可以成蔭開花，一棵樹挺直站立。

本書的出版，要感謝初安民先生和江一鯉小姐，以及向陽先生的序。

輯一

初生的葉子柔軟嫩綠，色澤柔亮。往上看，我的視線穿過花隙、葉隙，再到遠處，是一些如雪一般的雲朵，與一個灰藍的天空。

加羅林魚木

三月下旬，這棵樹開始開花了。

這棵樹就站在台電輸變電工程處的一個角落裡。處於一片古舊低矮的房舍之中，有近五層樓高度的這棵樹顯得很突出。離著這棵樹祇有八、九公尺之遙，正是一個三角公園。公園裡，是日常的榕樹、緬梔、和鳳凰樹等等。一棵身量雍容的樹，獨自對著公園內一群鬚髮茂密的泛泛之輩，嗯，也有幾分孤傲的氣質。

最早注意到這棵樹的時候，以爲是兩棵，一棵大一棵較小，兩棵樹併生的枝幹葉子，交錯發展爲一個寬闊的尖橢圓形，看起來就是大大的一棵形狀優雅，如同在曠野長成的樹。有一天，圍牆旁的小門打開了，原來這棵樹主幹分岔很低，隔著牆看便以爲是兩棵。

一棵樹開花了。

最初是零零落落的幾處黃白花球散布。走近仰望，每一團花球是由十幾朵花構成的，除了底下的三、四朵是黃色外，上面的全部都是純白。初生的葉子柔軟嫩綠，葉脈上淡淡的紋理襯著黃的花瓣，白的花瓣，色澤柔亮。往上看，我的視線穿過花隙、葉隙，再到遠處，是一些如雪一般的雲朵，與一個灰藍的天空。

而這還祇是最初。

隨著時間，花球逐漸增加，到了四月初數量已經非常驚人，懸掛於這棵樹上的花球累累，看得出來垂墜的重量。層層疊疊的白黃白黃，是這樣的澄淨，這樣的美麗。每一朵花的呼吸節奏均勻，每一朵花發出的沉靜讚歎，每一朵花都有獨特的言語。是的，這些我都可以感覺得到。而至於繞行其間的蜜蜂和蝴蝶，牠們忙碌的對話就流盪在春日的空氣裡，聽起來暢快、清新又悅耳。

……是這樣的，遠遠的見到便忍不住向前走去。白天外出買雜貨日用品，或去買盒壽司，總要故意經過這棵樹，與它面對面；夜間出門買麵包當做第二天早餐，又繞一次，以便可以再度和這棵樹相逢。

其實被這棵樹迷倒的不祇我一人。曾經看見許多人在經過時，他們的眼睛是向上注視的，一面走，一面看，也有人會在樹下逗留個幾分鐘，檢視極少數飄墮在地上的花瓣。還有人坐在三角公園裡，看著這棵樹，專心的眼光久久不能離開……。

有一次，某個教美語的老師，正要帶著一群幼稚園孩童到公園，喧喧鬧鬧的經過樹下，一陣風吹過，花瓣飛落了，一片一片……，六、七個小朋友爭相撿拾，就在彎腰和抬頭的動作裡，混合著純眞的嬉笑聲，又愉快的展示手上的花瓣，美語老師就乾脆讓他們玩起數數來，小朋友們手裡拿著花，稚嫩的數著英文的一、二、三、四、五。

我喜歡和女兒一同去看這棵樹。

和女兒看花有一段時間了。唉，這城市長大的孩子。鄉下長大的媽媽心疼水泥建築窄小空間生活的孩子，少了親近大自然的環境，一有機會就要看花看樹。從她兩、三歲開始，我們就經常共同看著什麼植物，個性大而化之的她，往往看過即忘，心中大約沒有幾種植物的存在吧。說到此，前幾日她問道：「風信子有沒有香味？長得什麼樣子？」

我於是就在紙上畫下一株風信子，並寫下：風信子，多年生鱗莖植物，具香味，單生、管狀鐘形花冠。女兒看完，長長的哦了一聲之後，確定的說：「在花店裡看過。」

我們還喜歡看花店裡的植物。這些植物平易近人許多，玫瑰、百合、桔梗、跳舞蘭和滿天星等等，與現實生活接近；而顏色更是豐富，紅的、白的、紫的和黃的……，每一次經過花店就要佇足停留。風信子就是從花店看來的，那多半是在初春的櫥窗裡。小小的一盆，一盆一株，開著粉紅、紫藍或乳白的花朵。「哦——我看過。」那麼她是記住了。

女兒是個稱職的賞花同伴。更小的時候，她愛用食物來形容見到的花或樹。譬如看流蘇開花，她說一棵棵的花樹就如同一個個大蛋糕；不僅是大蛋糕，而且是特大號的鮮奶油蛋糕。

啊，眞是香甜誘人。忍不住，就要循著蛋糕的路線前進。那時，我們母女就騎著腳踏車，在那一座草木豐美的校園裡，從這一個大蛋糕轉到那一個大蛋糕；從這裡轉到那裡，把所有的蛋糕，又重新再看一遍。她在前，我在後跟隨。稍稍長大後，她不再用食物當形容詞了，總是很體貼的主動說，我們去看什麼花吧。今年春天杜鵑花開時，她邀約同學來一同看花，同學略有遲疑，女兒說：「下星期來，花就沒有了。」

她算是對花開花謝有一些時間概念。

我又喜歡和Y分享看到的這棵樹。Y是我的良友。早在花朵初吐時，我們就互相交換關於這棵樹的資訊。她還告訴我，同處另一面朝北的牆上，一條微濕的裂縫，蔭開了一小塊，就這麼一點兒潮，水泥牆上約一公尺見方的不規則面積，就同時餵養著鳳尾蕨、鐵線蕨、毛葉腎蕨和鱗蓋鳳尾蕨等六、七種蕨類植物，其中，鐵線蕨特別不容易生長。可是，這些水分，不多也不少，就滋潤著一片牆而欣欣然有生機。

Y是這社區的資深住民，從大學時代伊始，她就住在此地了。而我是新住民，儘管之前常常往來這個社區，不能說是不熟，但是眞正住進來以後的感覺是不一樣的。住在這裡，總要瀏覽著、搜尋著這社區的什麼特殊風景，可以使自己傾心、可以使自己振奮的地方，哪怕是一株小草，或者一座花園。只要有一點激勵，就可以教人得到安慰和平靜。

我和Y結識的因緣眞是又長又遠。早在我們還是初中生時，就知道對方的名字。彼時她在台中，而我在雲林鄉下。我們同時參加當時省教育廳舉辦的徵文比賽，她和我的名字，就出現在一本得獎作品結集的書冊裡。大學時見面了，因爲Y在所住的宿舍裡，和我的高中同學成爲室友兼好友。職是之故，我也因爲去找同學而偶然見到Y，甚而講上幾句話。

可是，我們還不能算是熟稔。多年前，經由工作的關係認識了C，C的妻子正是Y。雖然重新聯絡，加上一些業務來往，不過我們仍鮮少互動。然而人生有時遇見巧合。其後我與先生相識成婚，他的一位從小一起長大的朋友竟然就是C。他們在童年時期就是朋友了，因爲是鄰居（這兩人又是這社區長大的正港台北人呢），所以那時候精力過剩的這兩個人，經常在晚上相約到兩家的中間——一盞昏暗的路燈下，分坐在兩根水泥柱上，講話抬槓到半夜，不分輸贏，最後兩人就以路燈爲起點，反方向奔跑，看誰先到家。這是青少年時一段重要的情誼，也是一段值得回憶的時光。

至此，我與Y理所當然的成爲朋友。

Y又是我在信仰路上的益友。我們去同一個教會。星期日的上午，有時一通電話，她夫婦二人就出現在我家樓下門前，兩家一起走進教堂。他們是老教友，先生是重返教會，而我則尚在慕道階段。但是，在詩歌裡得到許多明白而清楚的感應，這是Y屢屢給我許多淺顯易解的闡述，讓我得以無礙的學習。

Y是如此成爲基督徒的：小學時代去教堂唱歌吃餅乾拿卡片，與我們之中許多人的經驗相似，衹是我們之中的大部分人走開了。而Y卻是誠心誠意滿懷喜樂留下來。一直到今天，她所從事的工作都與信仰有關，連我們定期的聚會也在她家。和我一樣，Y又是一位植物的愛好者，園藝系出身的她，家裡有一些花草，一口大水缸從前種的是荷花（夏天裡也綻放了），現在種的是一株從鄉下移植過來的姑婆芋，大片的葉子青翠欲滴，陽光照射進來就透著柔和的綠光，一種健康閒適的味道。姑婆芋就亭亭玉立在客廳的一角，負責維繫著居室的和樂氣氛。

不過，Y還不認識這一棵樹叫做什麼名字。

她又說，爲什麼從前念書時，沒有注意到這棵樹？

Y大學時代住的學生宿舍，距離這棵樹祇有兩三百公尺遠，平日生活與這棵樹相見的機會一定不少；而同一時間，我其實也偶爾在這附近出入。我說我也沒有看到這棵樹。

爲什麼沒有注意到？我想了一下。那時候的我們實在太年輕了。年輕時吸引我們的事物太多，每天眼花撩亂，要做的、要看的都太多，關注的大半是自身的種種，哪有餘暇顧及這棵樹？我對Y說，何況，自從大學畢業至今已有二十餘年。

二十餘年的光陰，一個嬰兒可以成爲青年；而當時才剛成年不久的我們，也已經進入中年人生；而其實也是因爲是中年人生了，腳步慢下來，更能欣賞周遭的一切。所以，同樣的，一棵小樹也可以變成大樹。就像大安公園，七、八年前仍是滿地黃泥，難以舉步，今天卻可以成就爲一片蓊鬱茂盛的樹林。二十餘年前，可能並不起眼的這一棵樹，現在卻可以是一棵吸引過往路人眼光的大樹了。這是時間的奧妙，光陰以驚人的速度匆匆過去，有時令人感到惶恐和疑惑。

就在一次聚會中，Y笑瞇瞇的告訴我，她問了這棵樹的名字，就叫做加羅林魚木。問了誰？Y說大門是敞開著的，就走進去問。裡面的工作人員也不驚訝，就寫了張字條，說是加羅林魚木。說著，Y轉身進入臥室去拿皮包，從裡面取出一張便條紙給我。但就這五個字，進一步的資訊是沒有的。

我在想，每到春天四月，當花開滿樹的時候，那些經過樹下的人，無論是此地居民，或者路人甲、路人乙，看到這樹、這花，領受到這樹的美好情意、這花的美好情意，感動之餘，總有那癡心人要進去探問，想要了解這棵樹的身世，是以常駐在此的工作人員便記下了樹的名字，以備那些受到感動的人隨時進來相詢。

但是其他的資料闕如。於是費了三個下午，我到書店去查樹木圖鑑，閱讀了多本書，卻仍然沒有找到。Y建議我下學期去森林系旁聽樹木學。先生則建議我直接到網上去查。

比較便捷的方式是上網。才一上網就查到了。原來魚木並不是什麼不常見的樹木，全島的低海拔地區都可以尋得蹤跡。有一說是漁民將木頭雕成魚的形狀帶著出海，以祈求豐收。魚木是校園裡常有的樹種，也是台灣粉蝶的蜜源植物。而台電輸變電工程處裡的這棵大樹，在Y和我之前，也早已有人注意到了。其中有人爲這棵樹寫了篇短文，述說這棵樹每年四月的繁華。另外，還有人戲稱要成立一個「加羅林魚木後援會」，來保護這棵樹，以防將來台電要改建大樓，就先把樹砍了。

到了四月中，我和女兒仍然來到加羅林魚木樹下。此時的加羅林魚木渾身上下都是花朵，完全就是一株花朵盛開的樹。

女兒說：「開了很久呢。」

站在樹下。這是一棵正在花開顚峰的樹。我呆看著這美、這華麗、這季節、這大自然。那麼多詩人歌頌過的春天，和造物者，此時此刻也震動了一個渺小的自己。儘管台灣的四季並不明顯，但是我仍然享受著輕微的四時變化。

總是在這城市裡，在這島上繞著繞著，找尋著生命的啓發與意義。每在季節嬗遞之際，眼見著一個小小花苞，一片小小葉子，也仍然可以歡喜，可以心有所感。

而那麼自然的，花謝葉落也會悲傷。

是的，也會悲傷。凡是站上了高峰就會走下坡。加羅林魚木的花期就算再久，也要萎謝。有一次，讀到赫曼·赫塞以〈花朵亦不倖免〉爲題的詩，其中的句子是這樣的：

即便純眞無邪
花朵也不能倖免於死亡
人的存在亦復如是
雖然清白無辜
卻不明就裡地承受了痛苦
……

讀畢，心裡的悽楚與之相應。赫曼·赫塞書寫這首詩的時候，一方面辛勤澆灌，經驗著園圃樂趣；但也同時俯仰於大自然中，以自己細膩的體會與觀察，藉詩歌吟詠抒發個人胸臆。是以花朵的凋謝就如人的死亡。大半年以來，我經常思索著造物者的神奇和力量，人生到中年，總是有著困惑，困惑不能得解，雖然滿眼繁花，心中卻仍隱隱有著沒有答案的苦痛。這正是，人，不明就裡的承受了痛苦；然而，也正是，可以專心注視一棵樹開花，一棵樹花落，人可以深深感受到造物者的奇妙與奧祕。

注：文中赫曼·赫塞詩引自天下版陳明哲譯《園圃之樂》一書。

小偷與梯子

星期日中午，做完禮拜出來，在教堂外面等著朋友夫婦。我們原是一同前來的，但因我把孩子送到附近的書店去，所以變成了先後進入教堂。進了教堂便互相找不到了。

現在，我就在教堂前的廣場上等他們。冬日的太陽很亮，加上過往走動人們的光影繽紛，氣氛也很溫暖。坐在廣場邊緣的石椅上，瞇著眼睛四處瀏覽，體會著自己平靜與領受的心情。然後，看見教堂左側牆上的大幅紅色看板上寫著：「記得帶雨傘上街，今天我要灌溉花木。」下面是一行相同意思的英文。

剛剛讀完，就看見朋友夫婦走過來。我們站在一起講話，後來他們的朋友又過來講了一會。這樣站在冬天的太陽下談著話，眞是滿滿的愉快感覺。有許多其他人也在做相同的事。

他們笑著說話，有時相互握著手，大概也是這一週一次的崇拜之後，進行見面聯誼相敘，因而顯得神情歡欣吧。

朋友抬起頭，把左側的看板，我才讀過的句子也讀了一遍。

「這是什麼意思？」

沒有人回答。

往教堂的右側走，是因爲我要先去接女兒。右側也有一個紅色的大看板，上面寫的是：「如果你認爲蒙娜麗莎美麗絕倫，那麼你應該看看鏡中的你——。」下面也是一行相同意思的英文。

這個看板大概才掛上去不久，因爲牆上面還跨著一座三節式的長梯子。今天是安息日，沒有人在梯子上工作。還待最後的檢視吧。我想。

梯子很長，大約有兩層樓那麼高，是個鋁製梯子，上面沾滿早已乾涸，厚厚的各色油漆和黏膠，歲月和滄桑堆疊其中。這眞是一座歷盡風霜的梯子。

這麼高大的梯子一定爲教堂幫過許多忙。我看著這教堂不僅是這兩幅巨型看板需要這梯子，耶誕節近了，那已經矗立在廣場上的耶誕樹，樹身上一片一片寫了許願祝福語句的掛飾，以及牆上垂掛的一條一條的，會在夜間發出金、紅和綠三種顏色的小燈泡，也很需要這梯子的高度。

「這梯子是我們捐給教堂的。」朋友說。

「啊。」

「是啊，是我們捐給教堂的。」

朋友夫婦二人都笑了起來。

「而且這還是小偷留下來的證物。」

故事是這樣的，一年多以前朋友的辦公室遭到小偷入侵，小偷們就是搬著這個沉重的梯子（一個小偷大概扛不動梯子），由公司的後方跨上去，把三樓的玻璃窗敲破，進入辦公室。

結果呢？

小偷們不要書。經營出版社已十餘年的朋友有擠著一屋子的書，一屋子有關信仰方面的書籍。朋友說，如果小偷們要書，那麼要多少就給多少。

小偷們把書翻倒了一地，拿走抽屜裡的現金。

小偷們留下梯子。但是這麼高大的梯子，一般的家庭難以收藏，於是就送來教堂。

「所以小偷留下來的證物就在這裡。」

朋友笑嘻嘻的說。

「哦，那麼這是現金換梯子囉。」

我說。

然後，我也有一個小偷的故事。

幾個月之前的一個上午，外出買菜不到半個小時，返家就發現，那個鎖匠再三保證一定堅固的銅鎖掉落在地。

我知道我遭竊了。內心驚懼難以形容。

不敢打開門就直接撥一一〇報案。十五分鐘後警察來到，肅竊組也來了一位小組長。門一開，我這才見到自己如戰場一般的家。

這如戰場一般的家，不論是書桌、櫃子或者茶几、抽屜全部被拉出來；衣櫥和箱子也一律打開，所有的物品完全被拋出來。

只有書仍在書架上。

警察要我粗估損失。我約略知道哪些物品被偷走了。一些金飾、一些現金和一支鋼筆。失去的物品中，不捨的是那支鋼筆。鋼筆是先生離開前一個職位時，他的四位同事合贈的，接受情意，心存感謝。這支筆連同簽名卡片就置放在精美的盒子裡，小偷們（也是兩人以上吧?否則如何在那麼短的時間內從事搜索與掠奪?)把筆拿走，扔掉盒子。小偷們也不要卡片。再把卡片上的字讀一遍，心裡有著深深的不捨，畢竟那是珍貴的同事情誼。

這是個容易失竊的城市。前來處理的警察就明言此類案件極多，也不容易破。在做完筆錄後，即便是臨時找來為我簽名做證人的鄰居，也在半年前遭過小偷。

「這是慣竊，戴手套做案，沒有留下指紋。」指紋採集完畢的小隊長說。

接著就給我一些防盜忠告，譬如加裝防盜鈴，另外還有一整頁的安全須知。又因有同鄉之誼，這位小組長對於以上須知細細講解，譬如防盜鈴在一般大賣場就可購得。對於門的部分尤其詳加說明，而門鎖不夠牢固，建議裝置一體成形的多段鎖。除此，又告訴我文教區容易遭竊，因為白日少有人在家。

但是財物損失畢竟是財物損失罷了，精神上的傷害其實更大。有幾日，外出返家，打開大門時總是擔心有什麼異樣，就遲疑著是否應該立即開門。

然而，有一天就平靜許多了。那日，早晨的太陽尚未完全退出陽台。坐在桌前讀聖經，讀到約翰福音的經句：「盜賊來，無非要偷竊、殺害、毀壞。」盜賊的目的很明顯。可是不管財物損失若何，不管多麼憎惡這損失和不便，祇要人身安全，財物就可以重置，生活也可以再度恢復。

但是以屬靈的領域來說，要是被偷竊，生命被偷竊，便是嚴重了。撒旦並不偷有形的東西，而是偷生命價值。其實許多生命彷彿被偷竊。若遭偷竊、被毀壞的是生命意義，那眞是不能恢復、不能彌補的損失，也是毀壞的生命。

讀過這經句後，再面對那些散落的雜物，便有耐性得多。畢竟有形的比無形的較易克服。

小偷們把兩只樟木箱子打開了。這兩只箱子裝的是女兒出生後用過的物品。大的箱子裝的是衣服和相片，小的箱子等於是玩具箱，穿過的衣物和玩過的玩具大部分都在這裡。

這兩只箱子也很有歷史。一九四七年，公公婆婆由浙江溫州渡海來台，跟隨的就是這兩只箱子，箱子是婆婆的嫁妝。那一年婆婆才二十四歲，公公也不過二十六歲，兩人一同建立的家庭仍新。他們幾經搬遷，箱子也跟著轉來轉去，最後這兩只樟木箱子就給了我們。木箱已舊，送到古董店重新整理後仍有光華。雖然一直當著貯物箱來用，但在上面鋪塊白色繡花桌巾，也十分典雅。

小偷們把女兒在嬰兒時期穿的衣服找了出來。剛出生時穿的內衣是白色長袖棉衣，胸前有個粉紅色圖案，是送子鸛鳥銜著一個包袱，正飛翔著要去送嬰兒。內衣是醫院送的，所以也印上了粉紅色的醫院名字。袖子的末端可以將手掌套起來，那是用來防止嬰兒用手指抓傷自己細嫩的皮膚。

女兒出生時只有五磅四盎斯重，所以她擁有超小的內衣，超小的外套。那件純白鑲粉紅細邊的連帽毛衣外套，是她二伯母送的。善逛精品店的二伯母，那時來訪，就在離舊居十分鐘車程的傑佛遜港，在一家嬰兒服飾店裡買到這件美麗的毛衣。她同時還買了一隻一擠捏就發出聲音的粉紅兔子。這件毛衣的帽尖垂墜而下的純白穗子軟軟亮亮的。女兒在滿月那天就穿著這件合身的毛衣，我記得還配著同色的毛褲子。出生後的女兒像灌風一樣，膨脹得很快，兩個月後這套衣褲便再穿不下了。

這些服飾看起來是不可思議的小。

女兒也有超小的奶嘴。粉藍色的小熊奶嘴是她的第一個奶嘴。這個奶嘴陪著她照了一張春天的照片。那時天氣還冷，背後的一株銀杏樹葉芽半吐。女兒就在我胸前的背袋裡，露出一張小小紅紅的臉，正是含著小熊奶嘴熟睡的臉。更遠的背景是聯合國大廈。

小偷們也找出女兒的玩具。

一隻塑膠小黃鴨是放在澡盆裡玩的（坐在水中，她經常用肥肥的小手去追逐鴨子）；一隻藍色小熊是用來磨牙床的（咬著、咬著，一面不停流口水，胸前的圍兜濕透）；一隻黃色的象形玩具鋼琴是她喜歡的玩具之一，祇有八個鍵，一歲半的她曾經敲打出許多激烈的單音，叮叮咚咚的，自顧自陶醉，我們無從判斷她是否具有音樂才華。

還有許多照片。

許多照片許多故事。冬夜的壁爐前，火的溫暖隔開外面零下的氣溫，燈光和火光交錯，我們斜躺在地毯上閱讀，各自在書本裡漫遊，一個九個月大，祇會站立的孩子，獨自扶著書架，臉上帶著甜甜的笑容，正在玩著翻書的遊戲，書，一本一本的丟下……。

還有一張照片是女兒手裡拿著樹枝，微笑的站在開著亮紅的杜鵑花前。兩歲時的她，對於樹枝很有興趣，喜歡在院子裡找尋掉落的樹枝，特別是那棵深密的黑核桃樹下，走著、跑著、繞著圈圈、撿著，直到雙手滿滿，再也拿不住。

這些，許多故事許多回憶。

女兒放學返家，我們母女就坐在地板上，重看這些不同階段的衣服、玩具和照片，談著從前的一些事，以及充滿濃蔭的舊居。這些，已經超過十年。一個嬰兒也已經長成一個擔心自己長不高、體重太重、喜歡《魔戒》，喜歡日本漫畫的小少女。

書房裡狼藉不堪。只有書冊是整齊的排列在書架上。

書桌，我說是被支解了。這是一張厚重的書桌，有六個很深的抽屜。年代久遠加上越渡太平洋來台的經歷，對於此地氣候嚴重適應不良，木頭早有腫脹現象，抽屜已經很難開關自如。小偷把這些抽屜拉出來，一定用了很大的力氣。

至於那些摔落在地上的，首先，是先生的出生證明。很難想像我們這種五〇年代出生的人，擁有一紙出生證明，而且還保存至今。像我自己就是由鄉下接生婆接生的，當然不會有什麼出生證明，何況也很可能不按出生日期去報戶口。而先生擁有一張出生證明，這張薄脆已黃的紙，說明他是在八〇一陸軍總醫院出生的。

然後，是一張成績單。

這是二十餘年前，先生大學畢業後用來申請研究所的。

他的成績不怎麼樣，有幾個科目只比及格分數高一點。可是人生的際遇有時難以評斷，後來他有幸成爲教授數論三老師的同事。有一天，他說他和幾位同事一起吃午飯，教數論三的老師也在其中，他就對老師說，最近重看大學成績單，那時眞不用功，數論三念得太差，只得六十三分，而另一同事——大學時代的同班同學——就在一旁說，那麼我比你厲害，我得六十五分。

於是師生三人大笑。

小偷也找到我的成績單。

大四上學期，訓詁學六十一分，小說選八十八分，總平均七十九點三分，那是二十二歲的自己。彼時一直不想念書，不知道將來要做什麼，也不知道自己關心著什麼。祇是迷惘而勉強的過著日子，在意的是自己的頹廢委靡，至於成績何嘗放在心裡。

小偷們的本事是把一些消失已久，不再在生活中出現的物件重新開發，讓人睹物可以傷悲，也可以快樂。譬如衣飾，通常反映某一個階段的自己，而色彩則是當時的心情。至於散落的文件和照片，又是人生的痕跡。從這些痕跡，往往也能回想起當時的情境。酸甜苦辣唯有自知。

兩個星期後，那些傾瀉而出的記憶已經整理完畢，重新放回抽屜，放回櫃子，放回箱子。客廳、臥室和書房又恢復舊觀，日子似已再度回來。雖然也曾期盼著，某一日分局來電說，慣竊抓到，贓物起出，請來認領鋼筆吧。但是其實我知道希望渺茫。再讀約翰福音的經句，便勉勵自己，卡片尚在，情意尚在，就是可喜。生命仍有目的，可以繼續向前行去。

半年多以後，有次和朋友吃飯，談到小偷們。曾經遭竊的她，說起這經驗仍然感到恐懼。那時新婚的她，新居位於七樓。爲了響應某部長「三個月內讓鐵窗業蕭條」的豪語，也是爲了整個城市景觀，初出社會的她和先生堅持著對人類的善意，願意獻出小小的力量，他們不裝鐵窗。

但是沒幾天，小偷便從頂樓經由窗戶溜進屋內。新娘的整包金飾被竊。金飾是兩個家族的爸爸媽媽、伯伯叔叔、阿姨姑姑送的。小偷拿走金飾不算，還在大門鑰匙孔內插上香枝。

兩夫婦努力清除之後，才發現可惡的小偷連門一起由裡面反鎖，既從窗戶自由進入，又從窗戶自由溜出。

最後的解決方法是，消防隊派來雲梯車，消防員由窗戶進入屋內，打開反鎖的門。

朋友夫婦進入自己家門的同時，也是大夢已醒。個人力量有限，消除鐵窗不能靠他們一家。第二天他們就正式成爲有鐵窗的家庭。

「ㄟ，整包金飾包得好好的，小偷就把它拿走了。」

事隔近二十年，朋友仍有憾恨。

「那麼你在金飾外面有沒有寫著『金飾』二字？小偷偷去的我的外幣，我就在信封上寫著『外幣』二字。」

我說。

「所以小偷一看就知道是錢，是不是？」

朋友哈哈大笑。

不幸中的大幸是，朋友說，當時與他們同住的小叔，把四萬塊現金和一綑情書，同放在一只〇〇七手提箱裡。小偷把手提箱摜到地上，大概未能打開，就放棄了。

而對於一個寫詩的文藝青年來說，四萬元現金失竊算什麼。可是，情書被偷，將是多麼悲痛。朋友補充。

長葉暗羅及其他

長葉暗羅　十一月二十九日

認識長葉暗羅是在台北的某座校園裡，某個系系館前方左側，就這麼兩棵樹緊臨站著，兩棵的高度差不多，約有一丈，其中的一棵前面有個木質牌子，上面寫著：長葉暗羅。

長葉暗羅，多麼神祕的名字，長相又是多麼特異。狹窄的葉子有十幾二十公分那麼長，葉緣有鋸齒狀，就在距離樹頭不遠處綿綿密密地長著，一棵樹中有濃綠，有淡綠，全身油亮亮的，在太陽下閃著光。因爲這光，令人不得不注意到它。

在德里（Delhi）的第一天早晨，我們在旅館吃早餐，這印度早餐是如此的饒有新鮮感：

麵餅、咖哩蔬菜醬、烤番茄和烤馬鈴薯泥等等，這些都是前所未曾嘗過的。喝咖啡時，我看到了長葉暗羅，它就站在游泳池旁，臨著圍牆，高高的挺著，全身上下都蒙著細細的一層灰塵，不太看得出是否濃綠之中有著淡綠。之後，我又在旅館前庭看到三棵，它們就和兩棵黃連木同樣倚著牆，也同樣看起來昏茫茫。

走出旅館，乘上巴士，出了旅館範圍，長葉暗羅以不同的大小和高度在各處出現。原產地就是印度的長葉暗羅，果然就在我旅行印度的第一天，在視線之內，無所不在的生存著。在路邊，它是行道樹。可是，暗灰灰的一棵棵，看起來沉默又認命。德里的陽光亮晃晃的，然而，長葉暗羅本應發亮的葉子，卻被厚厚的灰塵遮住了。德里的天空也是灰的（這和亮晃晃的陽光又有衝突），連地上也似是有霧罩著，不能看到很遠的地方。這是空氣污染，或者是冬季氣候的特色？我不能明白。地上的樹和天空的灰連成一氣，總是不能看得真切。

不能看得真切的地方很多。走過鬧區市集，擠得滿滿的人潮，水果攤和吃食攤並陳，也有那賣布、賣雜貨的，各種鮮豔的色彩，紅的、橘的、綠的、黃的和藍的等集合在一起，也有一番富足飽滿的氣象，可是就在美好的石榴紅攤子旁，一個瘦伶伶的人類身軀，裹著灰黑的布，蜷臥在地上，周邊仍然人來人往。這個時候，如果仔細搜尋，也會發現一株長葉暗羅，冷漠的，孤芳自賞兼被動。

然而，也有那肥美強壯的。在古特伯塔（Gutb Minar）旁就有一棵，茂盛豐滿的葉子使得身材極高的這棵長葉暗羅顯得十分尊貴，而站在精細雕鑿，綴著花卉圖案的古蹟庭園裡，又是相得益彰地引人注目。

長葉暗羅又名無憂樹。無憂，充滿了佛學意味，在印度文學裡又是祥瑞的象徵。文獻上記載著，摩耶夫人按照古印度的規矩，要返回娘家待產，途中經過一座大花園，見到枝葉柔軟低垂的無憂樹，於是伸手撫觸枝條，動了胎氣，就在樹下生了釋迦牟尼。

無憂，無疑的是一個完善的人生境界；可是無憂又是一個多麼沉重的人生課題。在一片廣袤無垠的印度地土上，或許，無憂祇是一個抽象的概念，但那也是一種理想的，人追求的境界，儘管又是充滿疑惑的。

在一切藍之中　十二月二日

前往捷布（Jaipur）的班機是在下午四點三十分。沒想到飛機竟然準時起飛。

飛機飛離加爾各答（Kolkata）。這是來印度的第六日，共經歷過五個白天。在德里和加爾各答，看的是灰撲撲的大地，暗濛濛的天空，眼前總是有徘徊不去的淡煙。祇有現在五時半許，飛機已經飛了一個小時，太陽退隱而去，晚霞光臨。

我見到了藍。濃咖啡色的地平線上是黑橘、暗橘、淺橘、淡橘、很淡的橘，黃和橘的混合、淡黃和淡橘的混合、淡黃和淡藍的混合，其上才是淡藍、藍、深藍、暗藍和黑藍。

在一切藍之中，有幾粒星子在閃耀。

閃耀著光芒。循著光，感覺到自己的眼睛微濕。一顆心終於可以有溫馨澄明的觸覺；而可以有這樣的觸覺，彷彿是因爲自己離開了令人不敢逼視的人群。

連日來行過的土地，歷經的兩座大城，有繁華，有凋敝，有細膩，有粗俗。華麗的如寺廟，如紀念碑，也有簡陋的是以帳篷搭起的眾多違建，那麼破敗的擠在一塊空地上，而牛和豬在垃圾堆中逡巡覓食，孩童就在一旁玩耍嬉戲。熙熙攘攘的人群中，我難忘一個小女孩。有一次，巴士停下，我們離開車子，一個女童抱著沒穿衣褲的弟弟，旁邊還跟著另一個弟弟，她伸手向我要錢。我們進去餐館進食，用完餐出來，她又跟過來。一直跟著，我們上了巴士之後，她仍站在車外伸著手。全身髒舊，祇有眼睛含光。那眼神一直跟著我，不捨地跟著。

但也有極其奢靡的。在德里的一夜，所住的旅館裡，有一場婚禮正在舉行，夜裡十點了，參加婚禮的人們陸續進入大廳，這一場婚禮將進行到天明。男男女女都穿著剪裁合宜的傳統服飾，衣料閃著純絲純毛的光澤，尤其女性，在金線銀線交織紛紅駭綠的紗麗之外，身上的珠寶一串串，一疊疊，閃閃發亮。人們的臉上露出散發香氣的笑容。

而在二十公尺外，新郎，當然也是衣飾鮮亮的，乘坐在一匹裝飾亮片灼灼紅豔的白馬之上，剛剛踏進旅館庭院大門。旁邊躍動的人們是歡樂的。躍動的還有鼓聲，一組人打著繫在腰間的手鼓，鼓聲沉沉的一波波，跟隨著新郎，一波波湧近……。

有一日，我們去拜訪某夫人，在通過種種關卡的安全檢查後，來到一間素淨的小客廳裡等她。自己也從事詩創作的夫人氣度嫻靜，友善而熱情的款待我們，上了咖啡和茶，又來三次點心。第一、二次是印度小點各三種，第三次是乾果四種，分別是腰果、杏仁、葡萄乾和開心果，由兩位工作人員服務。屋前是整齊潮潤的綠色草坪，幾個工作人員正在澆水，這圍牆內精緻有序，風格典雅；圍牆之外則是灰塵滿布，散漫混亂。

正因如此，所見到的，一方面是精工雕琢的奢麗；一方面又是荒涼困厄的貧瘠。這樣的強烈排比交錯在同一時空，令人產生不眞實的虛空感覺，心裡體受到的震驚和陰翳，就像流連不去的冬日煙霧一樣，然而也有悲憫和明亮，如有太陽照拂。於是當機窗外面那片無止境，綿綿不斷的藍出現時，竟是一種撫慰的力量，這力量，可以使自己安靜下來，沉澱幾日來受到撞擊的心情，並且思索。

乾燥的曠野 十二月三日

從阿格拉（Agra）再回到捷布（Jaipur），走的還是昨夜走過的國道。昨天黃昏從加爾各答飛到捷布，用過晚餐，在八點半左右，即乘坐巴士前往阿格拉。這一趟路程二百四十公里，約需四個半小時。

所謂國道，其實是兩線對開的道路。黑夜，把兩旁的景物掩蓋住了。一路上，小轎車、巴士、貨卡、油罐車、馬達三輪車和駱駝車等等，交通流量很大，顯示貨暢其流的一面。這麼多速度快慢不同的車輛，同行在一線道上，如何按照自己預定的時間到達目的地？看來，就祇有靠超車了。在這裡，超車是那麼重要，於是開大燈、閃大燈和按喇叭成爲沿途紛擾不休的活動。裝飾得花花綠綠亮晶晶的車輛，車尾上都是寫著「Blow Horn, Please（請按喇叭）」。因而一片漆黑之中，車燈射出的強光對著強光，喇叭聲對著喇叭聲，暴躁的聲息相隨。走在這條路上的運匠們，可以把超車時來車的距離算得那麼準確，實在令人歎爲觀止。不過，也有算計失誤的時候，一輛卡車爲了閃避一部迎面而來的遊覽車，緊急中衝入路旁的田裡，爲此，交通中斷四十餘分鐘。我們在凌晨近二時才到阿格拉。

早上，我們去了泰姬瑪哈陵（Taj Mahal），這座建築背後的愛情故事早爲世人所熟知。

蒙兀兒（Moghul）帝國的第五世皇帝沙傑汗（Shah Jahan）和具有波斯血統的女子阿珠曼（Arjumand）結婚。兩人形影不離，結婚十九年後，王妃因難產而死，時年僅三十九歲。翌年（一六三一年），沙傑汗開始興建陵墓。他聘請來自君士坦丁堡的圓頂建築師，巴格達的泥水師和書法家等，每年動用二萬餘人工，共耗時二十二年完成。

走進大門，一座美麗的蒙兀兒花園就在眼前，然後遠遠的，一座白色的大理石砌成的陵墓，以極其純潔，極其優雅的姿態矗立在一層薄薄的霧中，早上的太陽雖已耀眼，但霧並未散去。泰姬陵的牆壁、門扇和窗櫺都是精巧的雕刻，許多花朵、紋飾和圖案都用瑪瑙、青金石、綠松石和紫孔雀石等鑲嵌而成。走在裡面唯有驚歎這巧藝。

也驚歎這愛情。泰姬瑪哈陵原爲愛情而生。站在欄杆前北望，腳下正是雅穆那河（Yamuna River）靜靜往東流去。

午後，我們去阿格拉堡（Agra Fort）。阿格拉堡又稱爲紅堡（Red Fort），與泰姬陵相距一點五公里，由阿克巴（Akabar）大帝在一五六五年始建，直到十七世紀沙傑汗時才完工。城牆高二十公尺，整座堡是以紅砂岩砌成。沙傑汗原想爲自己建造一座以黑白兩色大理石砌成的陵墓，再以橋連接泰姬陵，以示和其妻生死相連。然而其後兒子奧朗澤布（Aurangzeb）篡奪王位，將沙傑汗軟禁在阿格拉堡，孤獨寂寞到死。在被軟禁的九年歲月裡，沙傑汗就隔著雅穆那河，遙望泰姬陵。

我們登上沙傑汗被軟禁的房間。站在窗前，河就在不遠處，冬日的陽光把河水照得閃爍爍的，純白的泰姬陵就在一片朦朧氤氳中。同時，我們找到了傳說中沙傑汗利用反射原理設計的一組鏡子，經由鏡子可以觀看泰姬陵。這些極小的橢圓形鏡子就鑲在雕飾繁複的牆壁上。

我們每一個人，也都從這些鏡面上，真的看到了遠在一點五公里之外的泰姬陵。鏡中的白色建築光影迷離。

從阿格拉堡出來已近四點。如同其他各個景觀場所一樣，出得大門，一群乞丐和小販擁過來團團圍住。但是這次擁過來的是一群殘障丐童，或缺手或缺腳，瘦瘠瘠的匍匐在地上乞討，看了格外令人怵目驚心。這是印度的矛盾之處，就在一牆之隔，一個是雕琢奢麗的藝術之極致，一個卻是貧窮骯髒苦苦掙扎的人類，這是兩個涇渭分明的世界。

我們要回捷布，昨晚走過的國道還要再走一遍。

四點鐘的太陽雖不再刺眼，但還是晶亮亮的，這才看到國道兩旁的風景。眼前是一望無際遼闊乾燥的褐色平原。其中最多的是稻田，稻穗正在成熟階段，土黃的顏色鋪向前去，偶有收割後的稻田，稻草紮成一束一束疊著。田土上總有在工作的大人和小孩，間或幾頭牛在漫步……，這是靜謐的田園景象。

我們的巴士疾速行駛。

此路途中，每隔一段時間就會出現一個村落，那些低矮的房舍，看起來有如棕黃和暗灰的混合，但茂密的綠色林木又中和了這種荒漠感。然後，油菜花田出現了，綿延著的是鵝黃色。這時，太陽的光已經減弱，但也還在油菜花上灑了些金光。鵝黃的田變得金黃閃耀，在灰藍混著淡粉紅的天空下，這金黃有深淺、有層次的渙散，我一直看一直看，看到油菜花田消失，看到一個柔軟的夕陽墜落。

雨豆樹　十二月七日

班格洛（Bangalore）是印度著名的科技城。昨夜，飛機在十點起飛，從孟買（Mumbai）到班格洛，航程一個半小時。

我的鄰座坐的就是一位軟體工程師，是一家手機軟體公司的負責人，大約四十出頭的她，溫婉自信，穿著黃色系傳統紗麗，戴著銘黃披肩，剛從孟買出差完畢。特別問我是不是日本人，因爲她的公司與日本人有生意來往。我恭維印度是個軟體大國，她欣然同意。我說台灣的電腦產值占世界第三，她僅回答了一句：「哦，那是硬體。」

我相信這一部客滿的波音七三七上，有三分之二以上的人都是軟體工程師。近半夜了，走出機場大門，兩旁的接機牌子更寫著許多國際知名的軟體公司，如微軟和甲骨文等，這個城市的氣質也不同於其他我們已經旅行過的大城。班格洛的市容很乾淨，很漂亮。

而且，到處都是大樹。

那位在國際詩人朗誦會上的英國人說，一九四六年，在印度獨立之前，他就在此地生活了，彼時班格洛祇有三萬多人口，到處都是森林和鳥獸。現在的班格洛是個有五百六十萬人口的大城，雖然人口以百倍擴張，但是許多樹也保留下來了。

樹，經常關係著一座城市的容貌。首先，是雨豆樹。暗黑的樹幹非常粗大，傘狀的碧綠樹冠線條很雅致，這是一棵樹形很優美的樹。我原來並不認識這樹，高雄來的朋友說這是雨豆樹，愛河沿岸就有。春天時開花，紅色花絲細長，很像粉撲。其中的一位詩人告訴我，他認識高雄所有的行道樹，尙且爲它們寫了一冊詩集。不過，他的心中仍然有著氣憤：「換了一個市長就把原來的樹挖掉！」

畢竟，樹的多寡是一個城市美不美的重要指標，樹的好處不用再贅述，我完全可以理解他的氣憤。我想起某次到新竹，巧的是經過的街道竟許久不曾出現過一棵樹，坐在後座的女兒，那時才九歲，發聲了：「這裡一棵樹也沒有。」

而這裡的雨豆樹是全然的茂密，自由自在的長高。

我們在這個城市裡繞著。

有一種樹偶爾就在路邊出現，樹上是滿滿的紫紅色花朵，而沒有一片葉子。很獨特的開法。問在此地生活的司機先生這是什麼樹，回答是不知道。

這城市又有一座豐美的植物園，比諸加爾各答那一座蕪雜枯瘦的植物園，直有天壤之別。在加爾各答，我們所見的是明顯沒有人用心管理的植物園，園內的植物就如加爾各答的市容和交通一樣的紛亂無章，兼且散布著垃圾。雖然寬大的恆河尚算平靜的流過它身旁。而班格洛的植物園，潔淨的綠襯著穿著得體的遊客，美麗的婦人在梳得一絲不苟的長髮上，別著成串垂墜的乳白色鮮花（還有，他們臉上流露出的富裕神態），空氣間浮動的是從容和祥和。

我就是在這座植物園裡有機會記下這樹的學名：Bignonitaceae Tabebuia avallanidae - 與我一樣對樹有興趣的高雄詩人走過來，借去筆記，把這學名也抄進他的筆記裡。我想，詩人的腦子裡一定一直牽縈著這棵樹的影子，他也被這棵樹所震動吧。不一會，他問同樣遊園的印度人，那人答以這是罌粟花樹。不管對不對，我喜歡這個令人容易迷醉的名字。

而罌粟花樹也盡力回報，就在臨出植物園時，有一株約兩丈高，就對著一座五千萬年老的大岩丘，獨自站在夕陽裡，將要落下的日光，在整株樹上繪出淡金紫紅深紅與淺褐。

我目眩於這美。

不過，火焰木美得更徹底。我曾經在長興街一帶看過一些火焰木，橘紅的花一朵一朵藏在葉間，煞是動人。這裡的火焰木不但高大許多，樹梢畫出的弧度更整齊，於是一排排綿密的、透薄的、發光的橘紅花朵，不，是火焰，就這樣有致的錯落在許多樹上。

遠遠的看見這些火焰燃燒著，一種熾烈的熱情迸射，很難去想像灰塵覆蓋乾燥粗糙疾苦艱困的北部大城；或者很難想像這城也是印度的一部分。這豐富的綠，及其表示的靜定悠閒，又是這麼眞實，這麼溫柔濕潤與和諧寧謐。這大地是如此寬容如此厚愛的允許蒼生萬物茁壯滋長。

於是，當那位來自伊朗，穿著白色罩袍，戴著黑頭巾的伊法混血小姐，倚著背後西塔琴魅惑的單音，緩緩以清脆的英文誦出：

「詩是痛苦，
詩是愛，
詩是一滴水，

一滴水溶入大海……。」

我濃厚的想起我那亞熱帶的家園。我想念我所居住的城市，哪怕想的祇是三十坪的空間，只是陽台上身處一隅日照不足的苦楝樹。我要回家了。雖然，在這樣美麗的城市裡，停留兩個晚上無疑是令人歡喜的。

諦聽一座山

到達塔塔加鞍部的時候，心裡有些激動，這就是前往玉山的登山口了。去年秋末雖然也曾經來到這裡，但是那時並無登山計畫，那時祇有仰望玉山罷了。在三天兩夜的行程裡，雨就無日無夜下著，周圍雲霧茫茫，既看不到山，也看不到星星，祇有在離去的清晨才放晴；不過，總算是仰望到了。

這一次，天氣很好。朗朗天空裡沒有一絲雲的蹤跡，陽光就如微風一般柔軟，遠處近處，藍色的山巒鉤勒出來的弧線重重疊疊，好似沒有盡頭。山，和我貼得這麼緊密，就算是陰影也顯得柔和。

離開登山口，注意著去年路旁見到過的粉紅色玉山石竹和紫藍色高山沙參，不知今年再開了沒有。走了約三百公尺遠，去年曾經走到這裡，一路過來看到無數，但這一次祇稀稀落落見到五朵。現在時節是初冬，確實是花開到尾聲的時候了。

不過，仍然還有許多可以觀看的。

這狹仄蜿蜒的小徑上，經常可以看見一簇簇紅，或者點點紅。褐毛柳經霜透紅，絢爛正是其時，一片片火熱的葉子有時躲在山坳裡，需得用心去找；有時就出現在前面的轉彎處，如此的令人眼睛一亮。吐露點點紅果實的，低頭看去是鋪地蜈蚣，需要仰角看的是玉山假沙梨；腰只草就細微得像雜草一樣，其實它是針葉和闊葉奇異並存，中間夾藏的是紅色果子。野薄荷也是紅色，有的是飽滿的聚生果，卵形的小葉子饒富香氣。這些都是在成熟的階段。除此，黧黃的是黃菀，粉白略帶粉紅色暈的是台灣澤蘭，令人目眩的顏色處處。這山，全然豐富的生意。

而正在進行豐收的是我的眼睛和耳朵。我的眼睛接觸這些美色，眞要有酩酊的意思；我的耳朵，偷聽著金翼白眉和二葉松更兼風的對話；偷聽著谷底溪水淙淙潺潺，那樣殷殷作響，匯集的話語流過心頭，如此和大氣節奏相契合，這是令人感動的時刻，但也同時是試探自己體力的時刻。

凌晨兩點多，天空中充滿了星星。我對星圖並不熟悉，但還是搜尋了兩個星座，清清楚楚注視它們所在的位置。此時氣溫接近冰點，嗯，星星的光芒也是冰寒的。冷，沁入心底。

昨日從登山口走到排雲山莊，距離八點五公里，從海拔二八五〇公尺一直爬到三四〇二公尺，中間有幾個陡峭的之字形上升坡，攀得艱困。從早上九點走到下午四點多，形體倦累已極。稍微休息之後，在山莊背後上方的大岩石上看落日，難得的是清澈的天氣帶來絕美的夕照。厚厚的雲海湧動著，與厚厚的晚霞已經融合在一起，華麗的色彩祇有令人屏住氣息，專心觀看，專心感受，直到夕陽落下，天色轉黑後才起身離去。因爲這落日，一天的疲憊得到報償。

今天，我們要從排雲山莊上升到三九五二公尺高。出發的時候是三點多，頭燈一亮，人也開始往上移動。行進的聲響窸窸窣窣，大部分的時候是緩慢沉悶的。光和影交頭接耳，明和暗互相錯雜。祇有在休息的時候，燈滅了，星光變強，風聲也變強。有星光時反而看得清楚彼此的臉。虯勁糾結的玉山圓柏，矮闊的站在碎石坡上，即便是在暗黑之中，依然看得明白那經歷風霜的強韌姿態。

短短的二點四公里，走也走不完，走到星星慢慢隱去，曙色就要急急開啓；而在前面的卻是連續的險峻陡升坡。

「上了玉山，看不到日出也是個遺憾。」

年輕的文友在背後說著。不久，他超越向前去了。他仍然年輕，仍然有所在意，有所執著。若還在他的年紀裡，我可能也要這麼想，這麼做。然而滄桑人生，痛苦坎坷或者際遇困頓，早已看過一些，日出的有無其實已經不是那麼重要；何況，眼下的我是步履艱辛、窒礙難行。

不過，我也沒有錯過玉山的日出。

六點五分登上玉山頂峰。站穩了以後，借來手機打電話回台北的家，他們才剛剛醒來，聲音裡還有濃濃睡意。

六點十分，太陽從雲層裡跳出來。

日光，立即照滿山巔，陰暗退卻了。從來不曾感覺天空是這麼近，這麼藍。我讓自己安靜下來。安靜下來全神領受這山，全神諦聽這山。山，仍然沉默不語。感覺上，周圍的山峰與我如此親密，好像一伸手就可以觸摸到彼此。親近玉山一直都是長久以來一個浪漫的想法；而親臨玉山，看見玉山的寬厚與遼闊，讓自己知道什麼是敬虔和謙卑，什麼是眞誠和順服。人在玉山面前，只有體認到自己的渺小，也體認到玉山的包容。

從峰頂下來的時候，就在風口處，那根手杖依舊躺在嶙峋的岩塊上等我。彎下腰撿拾起來。這一路上，伴隨我上攀下降的就是這根手杖。我的肢體韻律和呼吸韻律也跟著這杖前傾後仰，測試著力點，也不曾離開身邊，唯有在需要用雙手拉住鐵鏈之前，我放下了它。

而這根手杖也正是我要叨叨絮絮詳加敘述的。在登山用品社採買時，那明顯透露出山友氣質的店員，向我介紹登山杖的用途。一支藍色系的登山杖，下方的彈簧設計，可以用來適應步道的上上下下與凹凸不平之處，當然也可以做爲支撐。不過，買是買了，卻在出門上了捷運之後發現忘掉攜帶，要返家去取已經來不及。那支登山杖連標籤和吊牌都尙未拆掉呢。

於是，自從進入登山口以後，便伺機尋覓掉落的樹枝，可以成爲所需。半途中，路旁就眞的躺著這麼一根手杖。這是樹枝削成的，粗細適合手握，握手處有一些發亮，切割的刀痕也舊了，但是仍然含著濕潤而富有彈性，木頭的清香氣味隱隱發作。

同行的朋友說這是扁柏。扁柏手杖陪著我回到登山口。是需要離別的時候，雖有濃濃情感，但它是屬於山的，就像在我之前的使用者一樣，借用一段時間又還諸於山。輕輕把手杖放下，這一段路途能夠到達和返回，也能夠欣賞和體驗，都得感謝。讓下一個也需要的人，可以像我一樣，握著前人的手澤，繼續前去親炙玉山。

如畫

在法國小城南錫住了三個星期了。

初夏是個美好的時光。走出旅館，所見的是饒有歷史意義的建築物，雅致的小店，以及富有創意的市招。確實，在這個小城裡，夏天的活潑氣息已經擴張得十分徹底。最初看見含著苞的玫瑰花，現在已吐露出幾許紅豔和乳白，日日開花的草本植物，更是揚揚沸沸，在街邊添加不少色彩。那幾棵每日謀面的法國梧桐，深濃多葉，住在其中的鳥類，就從一百五十年老的教堂左側頻頻出聲。

一天是如此開始的。我們住在市中心的旅館裡，後面是一條古老的石板窄街，每日固定在清晨七點半左右，清潔車前來掃街路，音響隆隆在大窗後面通過。這時，我們便被喚醒了。先生在幾分鐘之內整裝出門。他走半分鐘的路去旅遊手冊介紹過的那家麵包店，買一條棍子麵包和三個羊角麵包。先生說要排隊的，買回來的麵包從長紙袋取出時，還是酥軟溫熱。我把在小廚房裡煮好的咖啡取出來。麵包塗上牛油和黃李子果醬。

這便是早餐了。每日重複，每日都想再重複下去。

接著，先生搭公車到城外的科學院上班。剩下來的時間全屬於我和兩歲半的女兒。我把餘留下來的咖啡喝完，女兒和她的玩具對話，或者看一段電視上播放的講法語的日本卡通。

過午，我們母女做一日中的第一次外出。走得不遠，但是距離剛好可以買到英文報紙和日常用品。最後停留在長滿花樹的大公園裡。園裡飼養的猩猩袞袞已當了本市居民四十年，看到人也不再興奮。兩隻藍孔雀飛到高高的樹尖上，發出銳長的叫聲，偶爾變換著姿勢，另兩隻在玫瑰園裡閒閒踱步，豔麗的身形在枝葉間若隱若現。兒童遊樂場裡來了一群幼稚園學生，嘻嘻哈哈的，女兒看得笑起來了。

也有暴雨奔來的時候。通常預警的時間很短，但是一等烏雲湧至，我們就識相的離開公園。途中，停留幾分鐘買一包現炸的薯條，返回旅館，大雨也來了。這些時刻不是常有，但是坐在窗內，看外面開到末尾的白色紫丁香裁剪雨段，還有著不能言語的意思。

我們又愛去市內的果菜市場。一堆一堆深紫剔透的櫻桃倚在橙黃飽潤的杏子旁；肥嫩的淺黃蘆筍和鮮翠的大蓬菠菜相接連；桃子的淺紅疊著番茄的深紅；圓圓的青蘋果和碩長的紅辣椒；綠豆莢和黃甜瓜……，大把的鮮花隨意插在水桶裡，毋需刻意經營……，這麼多的顏色排比在一起，豐盛多姸又明亮如畫。這和那些有著藝術造型的路邊小噴泉，以及博物館一樣，在這裡是生活的一部分。

若是放假日，我們就租一部車，到附近的小村莊走走。小村莊和小村莊是由蜿蜒的小路相接通。辨識有沒有村莊的存在，要看有沒有教堂。高聳美麗又古舊的教堂是一村的主宰。村內宅居零落，草花卻美，藤類沿著矮牆攀爬，纏繞上升。

有坡度的田野，線條柔和，行進其間，彷佛身體也隨著線條流動。鄉村，又是色彩自然鋪陳的展現。野罌粟花的鮮紅和雛菊的淨白，一點一點散在草間；太陽的光投在廢屋頂上的雕飾，也投在剝落的牆壁上；幾隻乳牛或者一群黑牛低頭尋草；一隻鳥劃破靜幽的風；孤單站著的一棵樹，背後有輕淡的雲緩慢走過……，這些景物，同等動人。

六月初了，天氣卻仍早晚寒涼。有時早晨，室內的暖氣管還排出淡淡的熱氣。觸摸暖氣管的時候，心裡就有異樣的感覺，就像晚春初秋，外出時需要帶薄外套；而太陽下，以及一切的氣味和活動，又是那麼的盛夏，那麼的精力過人。

我們的生活方式有了一些改變。有幾次黃昏，在長長的天光裡，和朋友在那些看似沉悶、頹廢的小酒館裡飲葡萄酒，並了解不同的品種和製造方法，最重要的是友情的久別相敘。晚餐後的散步，往往是到人車已經漸稀的新市中心，穿過史丹尼士拉廣場，進入大公園，再沾著草尖上的露滴回旅館。這一趟行走，經常可以見到一些簡單事物，所發出的光澤，而完全被吸引，而停駐步履。深夜，打開旅館大門，走廊裡大盆的花插還在流轉著香味。轉入小門，打開中庭的燈，那株爬得高高、翠綠無花的紫藤安靜不語，倒是燈熄了，天空裡的幾顆星星，閃著絲一般的光在溫柔相尋。

很少對一個地方產生這麼多的喜愛。這樣悠閒的日子還有一個禮拜，因爲是半度假性質，因爲知道不久就要離開，日子不會一成不變下去，所以每天都很新奇，很有興味，也都沒有負擔。我幾乎是用捨不得的心情去過完每一日的。連坐在公園的木質椅子上，看女兒溜滑梯，爬鐵格子，都覺得幸福和安寧，而恍惚生出夢境……。

到現在，我仍記得那個下午微帶金黃，酣沉卻清楚的白日之夢。

柳櫻

陽台旁邊的柳櫻開花了。

一早醒來就看見靠西邊的一枝細瘦的枝條開了十幾朵，淺粉紅的五瓣向下微微張開，像個渾圓的小燈罩，鵝黃的花蕊數莖如燈，就躲藏在裡面，要仔細看才見著。

到了下午，開得更多了，說是更多，其實是另一個軟枝也著花了。往後幾天裡，這棵樹將要努力開出一堆堆燦爛的花瓣，照耀我的眼睛。

這是多日陰雨後的第一個晴日，天空尚未完全明朗，可是夠令人滿意了。坐在陽台上看更多的花苞，用極慢極慢的速度，開下去。呼吸著勻潤的空氣，讀了一點書，覺得心情有如花朵一般開放著，欣喜的探尋溫暖的土地。樹木先後冒出了黃綠的嫩芽，小松鼠從樹上跑下來，在淡綠的草地上追逐，發出窸窸窣窣的音響，豔黃的迎春花和低矮的紫色風信子之間，是一排含著紅、黃和白色花苞的杜鵑。隔鄰的樹林裡，爬藤植物已經綠得十分放肆……。這片樹林裡，蘊含著的諸多生機，正在外露，表現出最氣息濃郁的一面。

而逗留在陽台上的那兩個小時裡，有兩隻藍樫，呀呀地互相招呼著，飛到柳櫻的枝上，講了很久的話，牠們是那麼忘情，而無視於我的存在。

木蘭

木蘭花並不長在我們的院子裡，它就在鄰居房子的左前方，和日本楓並排站在一起。

從書桌前的小窗看出去，遠遠的，木蘭花就在重重尚未發葉的樹枝後面盛開，能夠看到的祇是樹梢的部分，可是粉紅的花，有千百朵那麼多，綿密推擠，有著令人難以置信的亮。

前日經過這一棵樹，看見花苞依舊緊閉。木蘭的花苞形狀特殊，尖尖的，像一管沾汁飽滿的大楷毛筆，而且看起來像毛筆那麼輕軟，點在枝上，一個個驕傲自信。而這幾萬個花苞的夢，是開成一片瑰麗的春天吧。

初初見到木蘭花苞時，心中有著驚喜，想著這些花苞全開時，這一棵樹不知要有多麼喧譁，而這一帶街坊不知要有多麼響亮。連續的幾個陰濕的冷日之後，今日天氣乍暖，花就在忽隱忽現的陽光中開放了，在樹上，一朵朵好像剛剛破繭，就要振翅飛去的蝴蝶，鮮活而有力。

坐在書桌前讀書寫字，一抬頭，就看見這一片粉紅色，在灰藍的天空之前攤開，十分悅目。而看花的眼睛也因此柔和許多。可是春天的花不會太長，在所有的樹葉長滿之後，這一片繁花也就在窗口的版圖之外了。

桃花林

到了四月末，自西往東去，我們經過許多草地、松林和一塊一塊的葡萄園。公路筆直得令人倦怠。

忽然看見桃花林。停下，走出來。

桃樹的枝幹繁密，瘦硬深褐，因爲尚在初開的階段，樹梢顯得枯窘，可是已開的軟亮花朵聚簇在枝上，像浮著的一團淺紅的霧在飛。而一團淺紅的霧疊著一團淺紅的霧，蔓延到遠方……。

我驚異著。因爲這一大片桃花，這一大片美，我的內心湧出不能言喻的歡樂。這些沒有言語可以表達，沒有辭句可以敘述，衹有注視。我聽到爆裂的聲音，那是花開的吶喊，隨著大氣溶入風的流淌……。

我站著。沒有走近，也沒有特意去分辨花朵的形象，可是那一種氣息，那一種感覺，以及那樣豐盈的色彩，卻讓人深深墜入這一場健康而無可爭辯的展覽。

桃花林旁有個蔬果市場，來購買的人還不多，所以並無喧囂。紅蘿蔔、綠青椒與柑橘，擺在襯白底的攤子上，泛出新鮮的色澤。一棵棵帶土的花苗斜躺在貨車上，薔薇、紫藤、高山杜鵑和紫丁香，依序排開，光從左邊斜斜照過來……。我看見桃花非常嚴肅的挺立在明淨的天空下，驀然感到一種固執的活力掠過心裡，在春日的陽光下，打開曝曬。

腳踏車二三

每當我告訴朋友我騎腳踏車時，大部分的他們反應都是十分吃驚：「啊，眞的？」要不就反問：「台北還有幾個人在騎腳踏車？」

台北，還有幾個人在騎腳踏車？這個問題的答案應是：不多。

我，我就是「不多」中的一人。

我喜歡腳踏車。

騎腳踏車也有很長的一段時間了。自從小學四年級的某一日開始騎腳踏車上學後，腳踏車就成了我的交通工具。那時，眞是熱愛騎腳踏車，就算是雨天，也是穿上雨衣騎著腳踏車在雨中前進。印象深刻的是，有一次颱風天的下午，終於提早下課了（那時的颱風資訊不若今日發達，也無正式的颱風假），風狂雨暴，一個小學六年級的女生，奮力的騎著腳踏車，跨上長長的路途回家，中間因爲風太強了，堅忍的推著腳踏車，越過倒地的木麻黃樹，在雷電交加的懼怖情況下返回家門，而回到家也正是滿眶淚水落下的時候。

腳踏車也讓我有許多甜蜜的回憶。少女時代，我經常騎腳踏車到鎮上的書店看書，或者看一場電影，度過一個下午。特別是有時候在夜間返家，那是就著星光，就著月光的一段路程。每一次，都是一次寧靜的行走。

我還滿懷念那些日子的。

不過，那些往事畢竟是發生在淳樸的斗南鄉下，並且距今也有近三十年的歷史了。

在今日的台北市騎腳踏車，很明顯的複雜許多，無論在什麼時刻，騎腳踏車總是受到汽車和摩托車的威脅。平常走的多半是巷道，遇見汽車尙且委屈的貼近牆邊；街道上，尤其是交通流量大的街道，在萬車——汽車和摩托車奔騰，廢氣聚集的情況下，我選擇到不連續的人行道上去上上下下；或者沒有人行道的話，那麼我就識趣的擠到路的邊邊。

騎腳踏車就是如此的弱勢。而講到廢氣，我想到的是詩人李敏勇。有一次在新生南路上騎腳踏車，正要過仁愛路時遇見了他，他正要走路回敦化南路的家。他說早晚各走一次。在漫天飛舞的廢氣中，我看著詩人消失在灰暗的樟樹林間，突然心生悲壯的感覺。其實，在台北市走路似比騎腳踏車需要更多、更足夠的勇氣，更須忍受廢氣，以及呼嘯而過的汽車和摩托車。

我喜歡的是巷道。在巷道中怡然自在得多。在經常來往的幾條巷道中，早就熟悉了每條巷子的特色，春天杜鵑或者秋日桂花，而搜尋這些氣味正是騎腳踏車的樂趣之一。

但是，也有我喜歡的街道。有一年不斷地在徐州路上來回。那時女兒患著中耳炎，最頻繁時，每隔一、兩星期就得到台大醫院去檢查。徐州路上有著濃密的樹蔭，最多的是高大漂亮的樟樹。我們歷經過每個季節，春天時最美，嫩綠的葉子有似透明；冬日雖有落葉，卻也是滿眼深綠……，很喜歡這樣的一條路，樹很多、很多，車子卻不多……。每次從醫院出來時，我們很愉快，一路上看著許多樹回家，樟樹、榕樹、麵包樹……，以及幾叢長在無人居住的市長官邸裡的竹子……，如此恣意的看樹，大聲的說著樹的名字……，如此的愉快，忘卻了在醫院時冗長而忐忑等待的苦惱。有一次碰到詩人席慕蓉女士，她說她見過我們母女在徐州路上共乘腳踏車的身影。

女兒已有近三年的騎腳踏車經驗。小學一年級的她，所騎的腳踏車已是第三部了。當她在四歲半時，就利用幼稚園掉了輔助輪的腳踏車學會了騎車。平常接送女兒的先生，在開學後的某一天說女兒自己在練騎腳踏車，要我一定去看。第二天放學時，我去看女兒，她正好在溜滑梯，見我來了，立即把那部掉了輔助輪，放在牆角無人理睬的腳踏車推了過來，跨上去，就開始騎了。她每次大概可以連續騎七、八公尺，停下來的時候就看著我，笑得很開心。三天以後，女兒已經可以繞著小操場，騎個三、四圈了。

第二個週末，她有了第一部捷安特。

從此，母女倆的週末活動經常是騎腳踏車。我們只是在台大校園內騎，還好有這座校園，雖仍間或受到汽車行進的干擾，而無法暢行無阻，但也算是差強人意。去湖邊看鴨子時，帶來了野鴨哨子，試圖把鴨子叫過來，但是鴨子通常聽而不聞，這只美國帶回來的野鴨哨子，或只叫得動北美的野鴨。吐司麵包是帶給麻雀們的，有一棵榕樹上停滿了麻雀，吱吱喳喳，聲勢浩大，牠們會飛下來撿食麵包屑。去傅園看花和樹，聽鳥叫，順著狹窄的小徑彎彎曲曲繞幾圈，高大深密的枝葉遮住了日頭，能夠穿透下來的光線自是不強了。我跟隨在女兒的後頭，看著，女兒已經可以很熟練的操作腳踏車了。有時只用單手把住龍頭，有時還站起來騎……，當然，這是在沒有車子往來的情況下，才可能被允許如此做的。我們又去體育館的後方吊單槓和爬樹，那裡的一棵榕樹，樹幹光亮光亮的，很多小朋友爬過……。

這些，給我們極大的樂趣。

有時候，我們一家三口一起行動。仍然還是在台大校園內，每次路線都差不多，一人騎一部，女兒在最前面。不過，儘管女兒很喜歡騎腳踏車，但到今天我們尙未讓她在台大之外的地方騎。在校園內還需留意車子，更何況其他所在。這，大約是許多台北市兒童共同遭遇到的問題吧。

我家共有四部腳踏車。女兒用顏色來爲它們命名，分別是黑黑、紅紅、金金和彩彩。彩彩是女兒的。金金是五個月前才買的新捷安特，兩部都有三段變速。紅紅是一部摺疊車。黑黑是我日常的交通工具，樣子古拙，我騎著它去上班、去市場，也送女兒去芭蕾教室。攝影家林柏樑的工作室還在我住的這條巷子時，幾次看到我，笑著說應該替我拍張騎腳踏車的照片。三年前某一天，在這條巷子裡巧遇研究母系社會的寧明杰（後來知道他就住在我家後面的濟南路上），他即用隨身攜帶的相機拍了一張他說的「妳和妳的腳踏車」。兩個星期後寄來了照片。

有時我也騎腳踏車去接女兒放學。二十五分鐘的路程，返回時，我們穿過台大校園，兩人一路開懷講話，看剛剛補種的大王椰子包紮著稻草，看茶花繼續含著花苞，看欖仁樹下難得的有一片掉落的葉子尙未被撿走……，很輕鬆的穿出校園，再沿著新生南路往北走，這一段的台大圍牆邊有尤加利樹。

最喜歡的一段是大安公園的人行道，寬闊而安全，整個人可以從容起來。水柳、楓香、柳樹和金露花都被我們一一拋在後頭，其中點點白色不時在開花的咸豐草，間雜在樹籬間。女兒養著蠶寶寶的時候，我們也曾在樹籬間發現許多株細瘦的桑樹，那些嫩嫩的桑葉飽足過五隻蠶寶寶。

和女兒騎腳踏車，最高興的除了兩人談話、兩人相處外，就是看經過身邊的植物。這些植物讓我們看到自然的嬗遞，尤其是冬春交替，一枯一榮。我的女兒，一個就要在台北市長大的孩子，童年的時光中，也曾親密的撫觸過幾棵花和樹。一個母親私心如此盼望。

台北，還有幾個人在騎腳踏車？

答案應該不難統計。不久以前讀到台北市政府要在某幾條街道規畫腳踏車道的新聞，一方面當然高興市政終於要做這樣的工作，一方面也不免悲觀，腳踏車道普及要待何時？

前不久有兩家報紙在做促銷，訂三年送機車，我在想，如果與訂一年送腳踏車相比，不知哪種較受歡迎？又讀到一則新聞說，交通部擬在台北文山區規畫腳踏車專用道，引起當地居民一片反對聲，理由是道路原本狹小壅塞，汽車機車都不夠用了，況且腳踏車較適合休閒……，像我這樣戀著腳踏車的人似是不多了。

輯二

細雨綿綿，王君拿著本《野鴿子的黃昏》，一面朗誦裡面的句子：我們淋著雨走向尚未翻土的田裡去，稻稈遺落在濕濕的地上……

秋天的海岸

相約在一個星期六的下午見面。

距離最後一次見面已有六七年了。不知道時間過得這麼迅速，祇有在回顧時才會產生驚恐的感覺。

「很意外在台北見面。」我說。

我看著朋友，安靜的臉上，眼神透露出一絲經歷事件的滄桑。這幾年來，並無聯絡。本來在相識的日子裡，就不是經常來往的朋友，牽繫的是一份淡淡的，卻又以爲對方可以了解的友情。幾次聽到他的消息，都是由一位共同的朋友轉述的。知道他失戀了，戀愛了，結婚了，也知道他離婚了。而這次回來，祇是短暫的探親訪友。

車子往城外行，很自然的前往那個靠海的小鎮。週末的下午，阻滯難行，穿涉了幾條壅塞的街道之後，才感到視野變得寬闊了。多風的原野正在仔細的鋪陳季節的光彩，天空乾淨明澈，遠處浮出的小山巒，劃出彎彎淺淺的弧度。稻子收割了，稻稈散置在田間，我彷彿聞到一股濃濃的乾草氣息，向我撲來……。

「謝謝妳，結婚時替我做的捧花。」

朋友低低的說著。

這件事在他的心中存放很久了罷。那時大家都是學生，許多人結婚都是靠朋友拼湊幫忙而成的。我的一位巧手的女友，就主動為他做新婚捧花。女友做花時，我正好出現，於是那個下午，就用壓燙器協助做了幾朵緞帶紅玫瑰。因為不熟悉操作方法，還把襯衫的袖子燙出了一個圓洞。記得那束花共十二朵，紅豔豔的纏上絲帶，很有幾分喜氣。知道他在情感上的尋覓與磨難，也就特別為他終於找到可以相愛的人而高興。

多年後，再見面，可以為那幾朵玫瑰花致謝時，卻已恢復單身。這之間的變遷，往日的事和往日的情，都如雲煙罷了。

通往海邊的小路極為曲折，跨過匍匐亂長的灌木叢，馬纓丹竟還開著花，交結的是野草橫生。剛剛看著明媚的秋色，就在海上投下了陰影，長長灰灰的很大的一片，模糊了遠方，佇立在海邊的幾棵黃槿，掛著零落的枝葉，顯得異樣的懶散與孤寂。

在岸邊的石塊上坐了下來，聊著不相干的事情，眼光投向海洋的深處，深處是一只記憶的箱子。幾隻鷗鳥在海面飛上飛下，自在多姿。言語在風中顯得破碎。但是，畢竟是幾年來的瑣事。然後是他自己的感情之結束。說著，像是平靜，又有似顫抖，原來的滔天波浪，剩下的是澀苦和遺憾。

結束了。海上的浪花擠到沙灘上，又退去。瑟縮的黃槿在背後發出葉片相擊的聲音。我的內心感到一股風的力量不斷湧過來，就要把自己吞沒。

「妳呢？這許多年來，妳都好嗎？」朋友落入風中的聲音，一吹即散。

我都好嗎？幾年來做的是同一份工作，雖然沒有什麼大突破，不過也差強人意。最初對於生活當然也有挫折和沮喪，可是，畢竟體會了人生眞實的一面，逐漸知道怎麼調整自己的心情；至於從前那個不具體的夢，仍然在心中躍動，隱隱約約在追求著什麼，可是，那些過去的物事，早已埋藏，不再想了；然而，有時又感到孤獨，覺得欠缺了什麼……，這種感覺藏匿很久了。

「是的，我很滿意目前的狀況，有一份尚稱如意的工作，生活固定，還可以讀點書，像學生時代一樣，任性的晚睡晚起，我早已實際生活了——。」

久遠的事

初秋的下午，見到了來自台南，同是從事文字工作的朋友。這個位於地下室的咖啡屋，昏黃的燈光流露出溫柔，有著一種教人輕微慌亂的氣質。

是屬初次謀面，但是有久已熟悉的愉快。

「我對妳的名字，有著久遠的記憶。」

朋友垂下眼睛，緩緩說出。

「是嗎？」

帶著些好奇和不安，想知道的是怎麼樣的一個記憶。

「我有一個表哥知道妳，我們從小一起長大，很親密。他對我提過妳，是妳剛進大學的那一年吧。他知道妳，想認識妳，問著寫信給妳是不是冒昧。幾次追問著我，這樣是不是冒昧。」

那麼年輕時的事。那時候，有過一兩個暫短的事件，但終究是暫短罷了。

遲疑著是不是要問出名姓，朋友卻先講出來了。

我搖搖頭。心裡搜尋著，是一個不在自己記憶範圍裡的名字。

「我想妳不知道他。問過他，妳是否認識他，他只是安靜的說不，妳並不知道他。」

「……，有一次我曾經問他，妳是不是有男朋友了，他說他知道妳沒有……。」

靜默的聽著別人的故事，內心有著波動。那一顆年輕的心有過沉悶的光陰吧。我自己的十九歲，大部分是寂寞而乾澀的，中間也有著對於成長與青春的熱切期盼，是困惑惱人的歲月裡還夾著一點令人想望的質素。

「這樣過了很久，還提起妳。他一人隻身在台北，有次感冒，延遲了以致引起併發症，才大四，二十二歲的年紀，就去世了——。」

「如果他寫信了，也許人生的際遇就改觀了呢。」

朋友低低喟歎。

我的心底掠過一陣感傷悲悒的波紋。並不知道自己和一個陌生的名字，他人的人生有了關連。一個曾經知道自己，喜歡過自己的人，暗戀或者也稱不上，但在二十出頭的年齡早逝，青春對他是多麼的絕情啊。而一段可能在十九歲時發展的情節，卻在已經中年的今日才聽到，又有一種人事已非的惆悵。生命或許就是這樣，是一潭靜靜的水，沒有風，也沒有陽光和嫩葉來撩撥，只有潛藏與封存，等待平靜的過去了。

未曾臆測年輕的死之前的想法和掙扎，以及是否有所憾恨。我向朋友說出了這個感覺。

「對妳而言，妳聽到了，因爲年輕，所以會有感傷的感覺。可是我，傷痛就在最初的幾年過完了。現在想起來，只有剩下淒美。」

接下來的是許久的沉默。

「在不同的場合聽到妳，談到妳。這一段記憶已經埋藏十幾年。始終未曾對別人提起，即使說了，別人也不會了解吧。這個事，在我心中保存著近二十年了呢！」

朋友的臉，最初平靜的敘述中帶有愁鬱的色調，逐漸有了放鬆的神情。眼睛看著我。

又是一陣漫長的無言，因爲這樣安靜，我以爲我聽見了乾草氣味覆蓋水流的聲音。

起身道別後，走到室外，大地沐浴在透亮，卻已見涼冷的日光中，幾片枯褐的玉蘭葉子，在淡淡的風中滾動著……。

秋天，已經到得很徹底了呢。

十八歲以後

偶然和一位也是從事文字工作的朋友談起自己的童年，其實，不只是童年，應該是十八歲離鄉之前的生活種種。說著，朋友也談起自己的經驗來。

她和我，有著極爲相似的背景，同是雲林鄉下農家長大，後來又爲方便在就近的女子高中念書，又碰巧前後受業於一位對我們有過影響的老師。

因爲有著這些共通的地方，談起來就有許多相疊之處，也特別顯得回憶的暢快。

我們又敘述到和文字相戀的緣起。

一樣的，都是在感覺到書本的枯燥無味以後，心裡經常忐忑不安，於是閱讀小說成了生活習慣，把讀小說看成日常的工作。

冬夏兩季的假期漫長，大部分時間都無處可去，但又有無處可去的意趣。於是，在田中拾取稻穗的時間裡，觀看泥土翻過的時間裡，或者只是準備返校所需制服文具的時間裡，都能隱約想起一些小說的內容，而產生新奇和困惑，而更急著閱讀。

小說是從學校所在小鎮的一家書局買來的。書局很小，幾個高高的書架，把室內擠滿了。每日放學之後回家之前，一定前來逗留。

那時的小鎮，樸實保守，步調緩慢。這家書局是我的一個釋放情緒的出口。對於那家書局和那個小鎮，以及那個年代所獨有的風格，一種柔靡的苦悶，尤其要啃噬著一顆不能安靜的心。

這些和一年中不同的稻田風景，播種或收割的氣味，季節轉換的意象，晨昏的顏色變化和單純的平原，都好像是另一個世界給了自己那一種訊息和滋養。

這樣，一直講到高中畢業。那些完整的事件，一次次如此的熟悉。

「十八歲以後呢？」我問她。

「……」她在電話的另一端沉默了。

過了好久，反問我：「妳的十八歲以後呢？」

十八歲以後的我和她，各自提著行李，離開鄉下三合院的家，來到城市念書。這之中，有過的挫折和不適應，都使我們產生過消極和頹廢，但同時也有許多新鮮的未知加入日後的生活。

念完書，很自然的就在這一座城市居留了下來。

我們作著城市孩子和鄉下孩子的比較，以及至今尚有的悵失……。那一片美麗稻田的平原，似乎只有向心裡追索……有的是陽台上那株移植自老家後院的燈籠花，泥土盡量給得多了，在咖啡色的陶盆裡，仍然開花，長葉，茂密，向上伸展……，就是瘦了些。

三月的野鴿子

和大學同學陳君聊天的時候，突然講到了高中時期的自己。

講著，一下子就懷念起了那個年代。

那時候，陳君和我各自在彰化和雲林的鄉下高中度過。鄉下的高中，祇有在高三那一年才有升學壓力的存在。在那段長長的沒有壓力，卻為年少時沒有出口的情緒所苦、所磨折的時間裡，我們分別有大同小異的活動。

各自談到了那時所讀的書，和幾位作家。

然後，陳君講起一些往事。

他說高一時，同學王君和他經常離開教室，到野外去遊蕩幻想，有一日……陳君是這樣描述的：「我們又偷偷跑出了校園。三月的細雨綿綿，王君拿著一本《野鴿子的黃昏》，一面朗誦裡面的句子；一面和我，兩個人淋著雨走向尚未翻土的田裡去，走向稻田的中央，稻稈遺落在濕濕的地上……我們一直走，一直走……。」

陳君說著的時候，仍有一種沉浸其中的語調，喚出久已消逝的記憶。

我也想起青春開啓時，是多麼的苦悶和迷惘，內心焦慮、掙扎、困窘，最後使自己安頓的是文學。那時狂熱戀著文學。在文學中進入一個自己嚮往卻又恐懼的世界；而成長，想必也是這種心情吧。文字所供給我的，正是對將來的未知與不確定，以及一個隱約的夢想。儘管胸中充滿了遲疑與不安，但是當時耽溺於文字，耽溺於那樣教自己感到驚悚和甜蜜的感覺，仍然使我每日下午四點十分降完旗，離開校園，直接就走向鎮上唯一的書局，在那裡一個小時之後，才搭乘台糖小火車返回家中。

在家裡的狹仄書室裡，那張置於榻榻米上的矮木桌，堆疊著書本和筆記，跪坐在榻榻米上，讀書寫字，或者幻想另外一個自己已經清晰明朗的越過澀苦和阻滯。夜晚和白日的光陰遲緩。

這樣的日子裡，自然沒有和《野鴿子的黃昏》擦肩而過。也許是因爲作者的早夭，就特別感到生命的悲劇和美，故而閱讀這本書時，彷彿受了什麼撞擊，青春的憂鬱和憧憬，悵惘與困頓，一齊都找到出口。幾個夜裡，讀著那個故事，無法平息的一顆心安靜了。

可是，我始終不曾狂野的釋放自己。最多，衹有走到屋後的田埂，在悄寂無人的傍晚，邊走邊唱著無調之歌……。

「……雨水把書頁打濕了，身上的衣服也濕了，一個一個字逐漸模糊了，念完一頁，翻過去，再念……，我們一直往前走，雨中的田野，我的一生中從來沒有見到過那麼美的景色，感覺到那麼好的感覺。雨下在田裡，細細的下著。雨的存在，對於我們的行爲並無影響，絲毫沒有阻止我們……」

陳君幾乎是興奮的說著。

許多許多年後，再回憶起那一段日子，想到青春的憂傷和苦，以及成長的孤獨，仍然有著微微的酸澀，但是已經全然不再困擾自己了。畢竟是憂愁過了。

而陳君的話語仍未停止：「……啊，少年時代是一生中最可貴的浪漫時光哪。即使今天在台中從事建築業的王君，開著賓士轎車，事業已經很發達了，人也變得很世俗了，可是講起這一段，仍然兩眼發光呢……」

牛與野餐布

H在最燠悶的夏夜裡打電話來。

她剛剛從一片草原返回，便熱切的訴說。星期六的黃昏從辦公室回家後，迅速的（一如她平時的動作）打理水果、飲水，收拾好野餐布，裝了一籃子，便和先生、兒子驅車上陽明山。又在山上買了三份麥當勞餐後，就去了那片草原。

這個時候日頭已經消逝，正好是那些下山的和上山的遊客們相互輪替的時刻。玩倦了的一批人就要下山回到城裡的家，另一批人則才從城裡出發想要來此尋求一個良美的夜晚。H來的時間尚早，所以停車位就在那裡等著，要停車，一點都不費吹灰之力。

這崗上有著開闊的視野，乾淨的草原和散布著的一群牛。刻意離著牛兒遠一點，離著其他遊客遠一點，鋪上野餐布，就坐下來斜靠著坡，看著更遠的山，越過這一片山，就是海了。H眞實的感受暑氣稍褪的微風。

吹著什麼方向的風呢？夏夜的風很清爽，似是沒有雜質，那樣的撲著，有如從山谷底吹上來一樣，薄薄的，涼涼的，便不偏不倚吹在一家三口人身上（這家庭還有另外一口，是女兒，暑假間在英國遊學，住在寄宿家庭裡，練講英文，學習英國文化）。白天的剛硬氣息，此時可以說是柔和下來了。

弟弟先拿出麥當勞餐來準備要吃。

「然後，非常戲劇性的事情發生了。兩頭牛，樣子很像是母子，漫遊著，看到我們就走過來，我們心裡有些害怕。牛靠近後，低下頭，先是舔著野餐布，慢慢舔，小牛跟著做。母牛挨過來，吃著弟弟手上的薯條，很溫和的吃完。弟弟還用手摸牠，牛也不走，我們很驚異……。」

H說著。我的心中浮現出一幅畫。他們三口人坐在綠白相間格子的野餐布上。

綠白相間的格子，正是H喜歡的。H是職業婦女，工作很忙碌，有時候責任心還會給自己壓力，所以一個星期上班七天是很平常的事，講到沒有時間多陪孩子會掉下眼淚。可是，H仍然親自以手工縫製兩套窗帘、一個沙發套和四個抱枕。我在她的家裡見過，H的針線，一種簡單的針法，向前走一步，再往後退半步。看得出來，她的技巧並不熟練，因爲有些地方還留下不平整的痕跡；但是，樸拙而綿密的縫製在這些日常用品上，每一件都顯露出慈愛和眞誠的穩固牢靠，譬如一個抱枕，軟硬適中的觸感，無疑增進許多安定的力量。

然而，這一針一針的縫，有些地方還縫上兩條線固強，那要花費多少時日呀。我問過H，她的回答是：「很多。」

野餐布也是一針一針縫出來的，用的就是同一批綠白相間的格子棉布。這塊布的尺寸，足夠一家四口舒適的躺臥。

三個人坐在野餐布上。所在的崗上，相信此時薄暮已至，一層一層的山巒弧線，由暗綠轉爲仍有層次的深藍；而飽滿的深藍連接著暗藍的天空。這暗藍豐厚的天空，那麼，也有幾粒星星在閃爍吧。至於那兩頭前來親近的牛，應該是情深的母子，相隨著就在夜晚來臨之前，習習涼風中，不僅沒有牛脾氣，而且還柔順友好又適時的參與一個野餐會，給予這三個人類意外的喜悅和樂趣。

我也想著，不久之後星星就會出現更多，星星和星星之間的關係看起來倍加親密，彼時，整個天空將顯得耀眼、迷人；而在點點光芒下，不論是人、是牛、是鳴叫的蟲子，或者是覆盆子、野牡丹，甚或是低矮的灌木叢，都將蒙上一層寶石般的光澤，而呈現出寧靜安詳的氣質。這幅畫，這個夜晚，是一個美與善的和諧。想必H對這景象有所感動，或者許久以來已經遺忘的領受力也有復甦，她是深深著迷於這難得的幸福吧。

「兩頭牛是在什麼時候離開的？」

我問H。

「星星很多的時候吧。」

她的回答洋溢著童真。

在小學院

春天開始的時候，我有了一個新的工作，每週一次到山上的一所小學院教兩個小時的課。

每次上山，當車子緩慢的穿出市區，視野逐漸被濃密的綠所包圍時，心裡所洋溢的是一種田園的召喚。向前看，更多的綠一層一層綿延；或者，往後看，透過車窗，已然遠去的城市，淡淡的罩著煙霧，變成了一幅幽靜的圖畫。

小學院位於一處山腰，幾棟老舊的，有爬藤遮住的簡單建築透露出素樸的線條，這些線條就擱在綠樹之前，和諧中顯得沉穩無礙。其中，那一棟有著鐘塔的禮拜堂，很明顯的是小學院精神之所在，我看見爬藤植物漫過了鐘塔。

上課，是一次清新的經驗。這二十餘位學生，彼此有些年齡差距，少數幾位年紀稍大的，多半是有過一些社會歷練，臉上有了潛斂的顏色；年紀輕的，仍然閃著未琢磨的光。看過去，那些一雙雙的眼睛和窗外的花朵一樣發亮，一樣好看，而且充滿活力，偶發的笑聲和問題都給我歡暢的感受。他們之中，大部分我知道的內心追求和訓練，都能激發自己更寬容的看待一些世俗的事物。他們似是老成地培養一個神學生的氣質，那是一種專注、寧靜與平和；可是，在臉上又是掩不住眞純即將散發的野，那樣符合年齡的頑皮的野是屬於青春獨有的解釋。

甚至石頭建造的教室，一種清涼穿透的感覺，青灰色石塊砌成的厚牆，所鑲嵌的三大面小格子窗，所提供的又是外間整幅的風景，幾乎是鉅細靡遺的，一棵松樹在格子窗的分割之下，變得有卡通的趣味，一株健壯的桂花正在開著，剛才與我相遇……，這一切都引人遙想……，趁著這些已經熟悉的臉孔在思索一些什麼時，我望向外面，藉以滿足自己一時小小的脫軌。

我就在教室內和窗外的引誘之間，度過一小段快樂的光陰。

上完課，我總是對著這個環境端視幾分鐘。我站著，等待四周的聲音散去，定下心來，體味一份平常很少享受到的鮮美空氣。這時的景物是慷慨的，陽光穿過落葉而下，低矮的小草健康飽實，酢漿草在彎道角落綻開紫色花朵，櫻花剛謝，枝上仍掛著幾粒粉紅，但是葉芽已經迫不及待發出，含笑結著即將開出的花苞，彷佛有香味流出。看見爆竹花疏疏落落，想起學生告訴我的聖誕節過後返校的驚豔，那時，橘色的花朵如何淹蓋了校園，我也在想像著那情景。

從九重葛花架下看出去，白色的雲聚集在堪稱深藍的天空裡久不移動。閉上眼睛，可以感覺到附近的幾座山，以黑綠身影篤定站立著，……這似有強烈的暗喻，沉默堅實的山是一種可以信靠的存在。

這樣的景致我很喜歡。這樣與一群開朗的笑容和言語相處，在喜歡之中又有幾分對青春的感動。每週一次的暫時離開城市，來到小學院，感染這恬適的聲息，是又一次被安靜和美所吸引的延長。

保羅的花園

下午近五點鐘，朋友臨時起意，說要去看保羅的花園，很快的就給保羅的太太瑪莉蓮打完電話，要出門了。

保羅是朋友的園丁，朋友雇用他已有三、四年之久。固然，羅徹斯特的冬日酷寒，花園枯息，用不著園丁，可是到了夏天，熱熱鬧鬧，氣氛高漲，各種花朵盛開，那些花園大的人家，自己做不完工作，就得靠園丁的幫忙。偏偏保羅在夏季裡也最爲忙碌，除了自己在造園公司上班之外，也私人爲些婚禮做鮮花裝飾，所以，在三請四請之後，才於上星期日出現在朋友的花園裡。

保羅頭上戴著一頂草帽，留著一臉灰白的大鬍子；而灰白的頭髮則在腦後紮成馬尾一束，委婉的垂下來。臉上的氣質和和善善，我看見兩個小女孩在花園裡跟住他，不斷的問東問西，他很有耐性的指派她們拔草、推兩輪車，也教導她們試著種下幾株草花類的植物，孩子們高興得哈哈笑。

對於保羅的花園可有熱切的想像？大概是有的。一個園丁的花園，總會令人想要去看是經營著些什麼樣的花和草吧？不過，對我而言，也許保羅這人本身更爲有趣。保羅在六〇年代就讀於加州某大學，受到當時風潮所及，經歷過嬉皮生活。畢業了，認眞的遊蕩過幾年之後，從此規規矩矩在一家工程公司做事。前幾年，公司突然減縮業務，保羅因此被資遣了。資遣後保羅留在家裡自己種花、賣花過日子。種了兩年，家計就只靠太太一人，再不出去工作實在不行了，於是便去一家造園公司上班，餘暇則仍然自己種花、賣花，也爲別人整理花園增加收入。

保羅的花園到了。我們下車。

保羅不在家。

這是一個狹長的院子，前院和後院都是又窄又長。

初初看到這個院子，眞會被嚇一大跳，大概只能以一個「亂」字來形容。進門處是滿滿的一長排小白菊，開得又美又盛，但是四株巨大的西洋杉，看得出來已經很多年沒有修剪過，枯枝乾葉零零落落掛在樹身上。一棵老楓樹，樹下堆著尙未腐爛完畢的枯葉，可能連續幾年秋日的落葉都未曾掃得乾淨過。與左鄰的交界處，種著一大片自由發展，會開白色香花的灌木做爲樹籬。右側種著一排各色的百合，白的、粉的，綻放得繽紛，其中，已在五月開過花的幾株芍藥錯落著。還有，鳶尾花也結束花季了，不過，葉子依舊綠得很優雅。保羅大概深受嬉皮年代崇尙自然的薰陶，故而花園裡的雜草長得和花一樣康壯，一株一株，也炫耀著細碎花朵呢。

瑪莉蓮領著我們穿過車房。車房之後是一間暖房。暖房不大，大約是六尺見方而已，裡面的植物不多，只放著盆栽的仙人掌和翡翠樹。五、六棵已經生長了二十餘年的翡翠樹，枝葉強健，形態剛毅；仙人掌有若透明的鮮黃花朵才剛剛萎謝，上面還貼著一張捕蠅紙，可能平時有蒼蠅出入，因此刻意布下陷阱。一株種植在盆子裡的馬纓丹，就置放在暖房門口，翠綠的枝葉間，恰恰吐出兩朵黃、紅和粉紫交雜著的花。

「這棵馬纓丹冬天是住在暖房裡的。」

瑪莉蓮一手扶著馬纓丹的葉片，一面這樣解釋著。

來到後院。後院是一個更大的空間。一塊尙稱潔淨的草地上，有兩畦闢得較爲整齊的花圃，上面種了各色草花，像是罌粟、毋忘我、兔子花、西洋蓍草、狐狸手套和食用的茄子、青椒、番茄與黃瓜等等，除此，還有許多叫不出名字的植物，各自滿足的存在著。

後院的盡頭是一片沼澤。這沼澤綿延到後面人家的院子裡。據說當初保羅買房子，就特意要求院子裡要有沼澤，理由是某些植物臨著沼澤長得尤其好，果然，沼澤周圍綠意濃濃，沼澤上也有許多浮生植物，突出在淺淺的水面上。

站在保羅的後院裡，還可以看見野薔薇正展現著粉紅花苞，鐵線蓮大方的張揚著一群紫色花朵，以及幾株茂密的豌豆藤簇擁著十餘朵白花，努力往上攀爬……，紫藤恣意擴張綠色版圖……，這，只是叫得出名字的，不識其名的更多。這些植物彼此都親密而貼得很近很近，風吹過來，顯現出熱切與激動的氣質。

然後，在靠近左鄰的斜坡上，我看見了極茂盛的一大叢覆盆子，枝上結的纍纍綠色果實，已有小指尖那麼大了，再過一個月，可能就要成熟了……。

正想著，聽見汽車駛入、開關門的聲音，是保羅下班回來了。

看到我們，保羅似乎有些意外，不過仍然很高興的再簡介一次他的花園，他帶著我們從頭開始，每一棵樹，每一株花仔仔細細說明，最後並且很慷慨的摘下一朵豌豆花，以及兩種香氣很濃，可是譯不出中文名字的白色和紫色花朵，送給我們。

返回車裡，朋友問我：「怎麼樣？妳看保羅的花園？」

我哈哈大笑說：「花的種類很多，很漂亮，可是野草比花還要更多。」

「是啊，保羅的花園確實需要來一次文藝復興。」

朋友笑得更大聲。

它就在記憶裡

「我並不喜歡講德文——，我離開德國已經四十幾年了，我是猶太人——。」

瓊斯太太，我們新認識的鄰居，眼睛注視著我，一字一字緩緩的講出這樣的話，她的眼神也告訴我們，她謝謝我們的美意。

這是我們的第一次來訪。坐在瓊斯太太的地下室小酒吧間裡，剛才，她一一介紹她已經過世八年的先生保羅所收藏的酒，並請我們挑選自己喜歡的酒。

「啊，Kirchwasser，好久沒有喝了。」看到德國的櫻桃白蘭地，先生驚喜的叫了起來。

「Kirchwasser。德國的朋友帶來的。」

瓊斯太太給先生和我各倒一杯。而那瓶櫻桃白蘭地，因爲已有八、九年未開啓，瓶塞一拉即朽爛了。還好，酒尚未變質。她給自己倒了一杯琴酒，並加入冰塊。

這個小酒吧間，四壁裝飾著瓊斯太太和保羅的生活照，其中大半是到各地旅遊的留影。她特別指出其中幾張在瑞士和法國照的照片，其餘，我們就沒有多看，因爲仔細布置過，所以小酒吧間顯得十分溫馨。

開始喝酒以後，話題就寬闊了一些。

「你把 Kirchwasser 說得這麼標準。」先生說。

「啊，我是在德國出生的。」

然後瓊斯太太告訴我們，她出生在法蘭克福附近的一個小鎭，二次大戰結束後即來美國。而剛剛，先生告訴她，這學期，他有個德國來的博士後研究學者，也許可以互相認識認識，講講德文。

可是，瓊斯太太的回答，使我們感到尷尬，而不知該說些什麼才好。從德國來而不講德文，這一定是個很大的決定，瓊斯太太離開德國四十幾年，那麼二次大戰時——，我不能再想下去了。

大概見先生和我的表情變得嚴肅，瓊斯太太微微的低下頭，說：「二次大戰時，我在集中營，我失去了所有的家人……，我父親在一次大戰時，爲德國作戰，還得過勳章，他始終不肯相信他會進集中營。我們小鎮裡有一百五十幾家猶太人，只有我生還……。」

瓊斯太太看著自己的酒杯，平靜的繼續說：「是的，我是那個小鎮的唯一生還者……，我克服得很好，大部分的時候不想，當然，有時候會想到，它就在記憶裡……。」

講完，抬起頭來看我們，然後就岔到別的話題去了；而原本凝重的氣氛也才稍稍化開。

不久之後，我和先生就告辭了。瓊斯太太笑著拿起那瓶瓶塞已爛的櫻桃白蘭地，要我們替酒瓶找個塞子，改天再拿回來。

先生和我一路無語。兩人心裡都受了很大的震撼。

過了一個星期，爲了還那瓶已經找到瓶塞的櫻桃白蘭地，我再度去瓊斯太太的家。這一次在起居間見到她。彼此聊著日常生活。起居間有幾張她和保羅較年輕時的照片，桌上則擺了許多藥罐。她說她一天固定吃七種藥來控制她的關節炎、高血壓和糖尿病。

那時是夏天，七月，天氣很熱了。

有幾個傍晚，我帶著孩子在草地上玩，瓊斯太太散步經過，都會停下來講幾句話。有時候，她也會直接來敲我們的門，來喝一杯無咖啡因咖啡。

幾次之後，我知道瓊斯太太曾在州衛生局擔任護士，現已退休，住在這個寧靜的小村已有四十年，對這裡的點滴掌故都很清楚。

瓊斯太太從未提過她有小孩。有一次，在她家，我的一歲半女兒不停的要抓桌上的燈。她看了，輕輕說：「我總是覺得小孩子太麻煩了。」

到這時，我幾乎可以確定瓊斯太太並未生育小孩。那夜，和先生提及，他歎了一口氣，說也許她是經歷了那麼大的苦難，覺得人生是如此的痛，就不要小孩也來受苦了。

可是，其實瓊斯太太是個很有精神的老太太，她總是打扮整齊，即使每日服用多種藥，淡藍的眼睛還是透著光采。她參加了幾個資深公民俱樂部，自己又是其中一個的主席，每天生活都有安排。

認識瓊斯太太以後，對於報上有關從前納粹集中營，或者生還者組織的任何消息，我都要特別注意，也去圖書館借了書來看。同時，我也想知道她自己的經驗。她本身就是集中營歷史的一部分。可是這種身受的苦痛往事，如何忍心要人家重述。除非自己願意去說，否則怎麼敢貿然提起。

祇有一次，瓊斯太太關節炎復發，精神不太好，主動說起她出生的小鎮，要舉辦一個集中營五十周年的紀念活動，來信邀請她回去看看。

「我還沒有決定要不要去。傷害已經造成了。離開那裡四十幾年了。離開的時候，就決定不回去了。那裡到處都是創痛。」她悶悶的說。

入冬以後，天氣變冷，我不常外出。少數的兩三次見面，都是我去她家。瓊斯太太的膝蓋痛得幾乎不能走路，不過，還是外出參加活動。

瓊斯太太的臥室裡有許多布娃娃。每次去，她就會從床上取幾個下來，給我的女兒玩。有時，也會主動逗弄寶寶，要寶寶親她臉頰。我注意到了，臥室的窗子和起居間的窗子，一模一樣，不但很小，而且開得很高，以她五呎九吋的身量，正好是眼睛的高度。這些窗子的尺寸看得出來並非原來屋室的配置。

後來，有一次在談話中，瓊斯太太說到想要把窗子改大。「年輕的時候，只爲顧著自己的隱私，窗子小小的，可是現在有時心情悶，就覺得需要多一點的光進來。」

這個冬天遲遲不去。三月初仍然相當冷，有一天早晨，才七點多，她打來電話。先生接的，只聽見他不停的說：「好，好，我馬上就來，你不要擔心，我馬上就來。」

過了一個多小時，先生回來，說瓊斯太太病得很虛弱，不能起身拿藥拿水。接著又感慨的說，瓊斯太太跟他談到今年要怎樣慶祝六十五歲生日。先生說他眞不能相信瓊斯太太只有六十四歲。其實，我們看著瓊斯太太很精神，但我們以爲這種精神是屬於一個七十多歲的人所有的。

當日下午，我去看她。病了兩日的她，眞是憔悴，有時忍不住痛，就發出呻吟的聲音。

離開時，經過客廳，不經意看見茶几上有一本從圖書館借來的書：《大屠殺生還者的心理治療》。集中營必然帶給瓊斯太太永遠的夢魘。我不能想像，一個十四、五歲的少女，青春正在開始，生命才要煥發，也許正要繼續接受更完整的教育……，可是卻遭遇到猶太人的大厄運大悲劇，父母兄弟姊妹都遭屠殺。自己也在集中營，每日承受恐懼和重創。我不能不想起她偶然淡淡說到自己是不上猶太教堂的，她是因爲不能選擇才生爲猶太人。

這聽起來有幾分無奈。生爲猶太人，這印記給她的是如此大難。她，難免有憾恨吧？

我又想到，雖然是劫後餘生，但是，這「餘生」，或者生命本身，給她的意義是什麼？她的看法怎樣？

第二日，瓊斯太太告訴我醫生建議她住院。到了下午，一輛救護車來接她去醫院。她躺在擔架上，勉強笑著說：「我很快就會回來，替我親親寶寶。」

次日中午，我和先生去醫院看她，她的精神好了很多，但仍然十分蒼白。瓊斯太太說醫生尚未查出病因。不過，她很愉快的說，這一生最滿意的是，有許多好朋友可以傾談，也可以互相信賴。

過了三天，她出院了。

又過了三天，她帶了一把鑰匙來找我，她認爲我們應該存放她大門的鑰匙，以備不時之需。

就在轉身離去的時候，瓊斯太太回頭，定定的看著我說：「我叫你的名字，你也可以叫我的名字，我知道你叫我瓊斯太太是因爲禮貌。你可以叫我安那麗。」

春天以後，天氣漸暖。安那麗有時出來整理花圃或草地。她的氣色恢復了一些紅潤，但是仍然固定吃七種藥。

「檢查出來，我的白血球降低了。身體裡有一些功能不對，可是醫生找不出原因。」安那麗有些擔心的說。

我看著她，不知要說什麼，她卻笑著說：

「我和律師約五點見面，我更改了遺囑內容，必須重新簽名。我該走了。」

前幾天，安那麗送來一盒復活節巧克力兔子給寶寶過節。

問起病情，她說醫生還是查不出怎麼回事，不過，她爲自己買了幾件春天衣服，她想暫時把自己的低白血球忘記。安那麗告訴我，她決定將小窗子改成觀景窗了。已經找人來估過價，窗的底座會有十七吋寬，可以擺上好幾盆植物。她很高興不久就要有一個大窗了。

然後，安那麗淡藍的眼裡有光在閃動：

「……，而且，就會有許多光線進來了……。」

輯三

紅蜻蜓低低的飛，我們在其中衝撞，笑鬧追逐。傳單飄舞，在空中形成了層層疊疊的景致。地上奔跑著的學童叫跳著伸出雙手……

河

我的童年是和這條河纏繞在一起的。

這條河沒有名沒有姓，只是嘉南平原廣袤農田中的一條灌溉溝渠罷了。

這條河由村前流進來，正好流過我家屋後三十公尺處。於是，河成爲日常生活的一部分。村前的河是主流，由鄰村蜿蜒過來，流到這裡，態度較爲寬闊，村人叫它做大埤。埤，是水池之意，而我家後面的這條河是支流。支流和大埤作垂直狀，大埤及其下游是以兩個水閘隔開，水閘攔住了水的進行。

大埤的水很多，深度超過一個大人的身高。水閘的下方，除非颱風下大雨開啓了水閘，否則永遠是細細薄薄的一片水，由閘底衝出來，所以下流的水並不多，河道明顯變窄變深，像是一個峽谷。

我曾經在颱風天冒著大風大雨，看負責的工人打開閘門，大水隨即狂瀉而出的景色。千萬杜雪白的水花往上噴濺之後，再往下奔流，既美麗又壯觀。童稚的我不敢靠近，總是小心翼翼的站在護欄邊，看了又看，看了很久，不想離去。

我也和鄰家小孩在閘底抓蝦蟹。那還是在小學低年級的時候。終年水流涓涓的閘底，長滿了厚厚的苔蘚。在上面行走，腳趾一定要緊緊抵住，否則就很容易滑倒。每一次在上面行走，我都要戰戰兢兢的，但也還是要摔倒。通常所獲很少，蝦蟹三兩隻；可是戰戰兢兢走在水上，也是一種樂趣吧。我們是去了又去，從不疲倦。

但也僅止在這一片水泥面上玩。再往下去水色變深，兩旁的樹木蓊鬱茂盛，難以見到陽光，看過去是一片陰森神祕。就這陰森神祕阻止了我們，好幾次想要繼續探險，但每每在這裡就卻步不前。

而也因爲如此，對於下游的未知就更加嚮往。許許多多的夜晚，關了燈，閉上眼睛之後，我總是在峽谷裡飛，完全的黑暗之中，掠過身邊的是一顆顆亮亮的星星。星星也在飛。可是，每一次的飛行，都是在進入這一片陰森神祕之前結束。即使是夢醒再睡，再入同樣的夢境重飛，還是一樣，始終無法突破這界線。

這是我夢過的最頻繁的夢。

就算是在今天，想到這個夢，仍然若有所失，有著未竟全功的悵惘。

而流過我家後面的這條河，既是支流，水量就不大，河面也不寬。但是反而可親得多，連初上小學的孩子，站到河中也不用擔心水的深度。大人不會禁止小孩在這條河裡游泳玩水。

那時，我和這條河玩著許多遊戲。

我把摘來的玉蘭葉子埋進河底的爛泥裡，等數日之後，葉片腐爛，只剩下纖維，漂洗乾淨之後曬乾，就是一張淡黃色的書籤了；我又把摘來的燈籠花，一片一片的丟到水裡，讓河水載走，最好的是花瓣也不會沉沒……，或者在有西北雨的午後，花瓣就消失在大水的漩渦裡，有時，我讓黃槿花，大大的一朵黃色，由樹上「錚」的一聲跌落，也加入這樣的遊戲。至於紅色或黃色的圓形刺茄，在被我玩倦了之後，仍不免墮入水中。

河岸有幾處風景。

一叢刺竹、一棵破布子、一棵龍眼、一叢麻竹和一些亂長狂生的雞屎藤、咸豐草和鬼針草。

其中，刺竹和麻竹分據東西兩端。這東西一段約兩百餘公尺的河兩岸，其實就是我童年生活的大部分。刺竹和麻竹一樣，都是我所不樂意親近的。尤其刺竹叢下，常有竹節上掉下來的刺，有時赤著腳走過去撿竹籜，很容易就被刺到了。而即使是在颱風過境後，出門去撿風打筍，穿上鞋子經過，還是一樣的如履薄冰，深怕被刺到。風打筍是被強風打下來，已經抽高卻尚未成爲竹子的筍。筍的顏色已經轉黃，通常已經不是那麼嫩了，要煮湯之前，先得燙掉苦味。

至於麻竹，一叢有二、三十棵竹子那麼多。我總是遠遠的站著看。這一處水面較爲豐盈，常常會有小魚由水裡跳出，「噗」的一聲，聲音脆亮，也在泛著銀光的水上激出一圈圈漣漪。濃密的麻竹叢伴著兩棵水柳，和對面的兩棵榕樹緊緊相看，而榕樹垂著大量的鬚髮……，日頭很不容易照進來，嗯，也是陰暗的。

風一吹過來，竹子搖曳相碰就發出吱吱嘎嘎的聲響……。

站著遠看，多次看到色彩鮮豔的釣魚翁。這有漂亮綠色的鳥是我所好奇的。不知牠從哪裡來。釣魚翁在水上捕魚，動作迅速得我來不及看。牠是這樣的靈敏，聽到人聲立即飛走，捕了魚就離開，動作乾淨俐落絕不停留。

端午節前，往往有鄰人來割取竹葉回去包粽子。有別於刺竹葉子細小色偏黃綠，麻竹的葉子又大又綠。鄰人拿了長長的竹竿，在尾端綁上鐮刀。要把輕軟的竹葉割下來，是需要些技巧的，有時在同一片竹葉上需要試過多次，竹葉才願意下到籃子裡。

破布子在這一片風景中，是較爲低矮的。樹身雖然不高，但是枝幹橫跨了三分之二河面上，一種臨水的姿勢，看起來很霸道，也很有氣魄。破布子的葉子，在每年的春天，每一張都是殘破的，因爲葉片上滿布著毛毛蟲。那些吃著葉子的毛毛蟲，也有那一不小心就掉進河中，跟著流水走了。但是這棵破布子很會結果，結得密密麻麻，果實是多汁的淡橘紅色。阿嬸會要我們幫忙把這些果子摘下來，放進一個大臉盆裡洗淨，然後再放到米篩子裡瀝乾。瀝乾之後置入玻璃缸裡，用鹽醃製個兩、三星期，就是醃破布子啦。

這棵破布子其實是野生的。不善烹飪的母親，從來就不曾對這棵樹產生過興趣。即使在那樣物質匱乏的年代裡，許多農婦都要利用現成的材料，自製醬菜以刺激食欲和豐盛餐桌。但母親除了曬製蘿蔔乾外，其他如醃菜心、醃鹹菜幾乎都不曾碰觸。而阿嬸愉快的採摘著這棵破布子，她總是在冬天裡砍去枝葉，以便來年春天長得更好，收穫更多。被砍掉枝葉之後的破布子光禿禿的，看起來既不霸道，也沒有氣魄。

龍眼樹和破布子斜對著每天見面。

龍眼樹有些年紀了，壯碩的枝幹配著深綠的葉子，是一棵很漂亮的樹。堂兄家的雞寮後門就對著它，因此每年龍眼花季一到，堂兄的兒子就開始數算，積極護著，不准有任何一粒龍眼外流。可惜龍眼樹卻是開的花不多，結的果更是少。幾粒龍眼稀稀落落掛在樹上，看來可憐。不過，傾斜著適合攀爬的主幹倒是人人可爬。爬到上面去，有一個開闊的視野。

我喜歡爬到樹上去坐著，看著遠處的稻田和靜靜流著的河水。還有，母親就蹲在對岸一塊石頭旁洗衣服。她的動作很快，上身前後搖動，一下子就把所有的衣服褲子抹上肥皀，再一件件搓揉洗清。母親很沉靜，她很少與人交談，要不就是只有簡單的寒暄。看著母親洗完了衣服，我趕快從龍眼樹上跳下來，跑到曬衣架旁，拿下竹竿。再把竹竿放到肩上，好讓母親把一件件洗好的衣服穿進來，再一件件拉平，晾開來。

小河流向西邊的遠處，有我家的四分多農地。那裡也是我常去的地方。這地是稻田，父親在角落上闢了一畦菜圃，隨著季節種著不同的蔬菜，多半是茄子、小白菜、茴香、番茄和長豆。其中，茴香的味道異常強烈。同時種著五、六樣，深淺各自不同的綠或紅或紫，成爲盤中菜色。我和姊姊常在這裡逗留，澆水、施肥或採收。

我看著稻作的播種、插秧、成長和收割。乾旱時，父親在河邊架上水車，利用踩踏的力量，把河水輸送到田裡解渴。有一段時間，父親把稻田廢了，改種香蕉。他花了更多的心思和力氣在香蕉園裡。但是種香蕉畢竟不比種稻子駕輕就熟。尤其颱風來臨前夕更是緊張。一株香蕉樹需要兩根竹竿來支撐，以防狂風吹倒，有時颱風已到仍在搶救。這麼的勞苦，但是終究沒有趕上香蕉輸日的黃金時期。有的是在生產過剩後，毀掉整個香蕉園的傷感。

這條河，是這樣的和我連著，是我的河，我的祕密之河。一條沒有名沒有姓卻是豐富的河。升上高年級之後，參加著補習，每天早早出門，直到螢火蟲亮了才回家。就這樣，我和河的相處時間少了，和這條河的戀愛也稍微告一段落。

暗紅的本島泥瓦

那一日，我們回故鄉。我們是先生、女兒和我三人，可是，回的故鄉是我一人的故鄉。

很久沒有回去了，心情有些忐忑，腦中不只一遍的想著舊居，而且把舊居一次比一次想得更破敗，這樣好讓自己見到故居時，情緒再也不會壞到哪裡去。

到了。舊居早已無人居住，三合院一如我想像中的一般荒寂寥落。門閂腐朽了，不用鑰匙就打開了。兩年半前才配的，光亮如新的兩把鑰匙仍然捏握在手上。屋瓦，我想是漏水的，牆壁也剝落了，那些殘留在室內的物件，重重蒙上一層土泥。小心翼翼的把櫃子、洗臉架和小書桌搬出來，置放在稻埕上。九月初的烈烈太陽曬落下來，灰撲撲的原木表現不出一絲光。

午後兩點鐘，止息著的空氣中，只有埕尾的那棵芒果樹葉子，帶著輕微的擺盪。這唯一的活動顯得窒悶無力。

去提了一桶水。一桶還不夠，提了好多好多次。這些水都是從鄰居的廚房裡提出來的。很容易的就找到了三條毛巾。開始用毛巾擦拭這些檜木製成的家具。一遍又一遍陽光在水中激出了亮片，十分燦爛的花開與花落。

終於讚歎的把拿著抹布的手停留在一朵花上。這一朵花是雕花，其實不止一朵，共有四朵，加上一隻雀鳥與三片葉子，形成了一幅很美的花鳥，而這一幅是十一幅中的一幅。

停下手中的動作，仔細看這十一幅畫。這眞的是一只有著美麗雕刻的櫃子，六十年前的工藝品，精緻而繁複。今天回來的目的，就是要把這只櫃子帶走，不，不僅是這只櫃子，還有洗臉架和小書桌，都要一起帶回台北的家。

這樣，兩年半來的牽掛，才得以有所安頓。

這三樣家具都有些毀損了。櫃子的一隻腳蝕了一塊，桌角凹了一處；洗臉架的一邊雕花掉了，一隻腳也有鼠類咬齧的痕跡；小書桌的桌面因爲較薄，有三處很大的裂縫，抽屜鬆垮了，褪了的棗紅色灰黑黯黝。櫃子和洗臉架有好看的雕刻與尙稱完整的外形，在回歸本土的風氣裡，還有保留存在的價値，小書桌則是六〇年代的簡單形式，完全不起眼。

先生問：「小書桌也要帶回台北嗎？」

抬起頭，滿臉汗水的我說：「當然。」

當然要帶回台北。這是今天的目的。在這張小書桌上，我看見了太多自己的回憶。小書桌是小學升上四年級的那個秋天父親買的。之前，我在餐桌前寫功課；之後，我坐在榻榻米上，有了自己的桌子，自己的空間。那種感覺十分特殊。坐在榻榻米上，好像嚴肅的在從事一件什麼神聖的事情一樣。

從那一日起，幾乎每天都要在桌前寫字、讀書、發呆或者作夢，直到深夜。尤其是中學的那六年，光陰就是這樣過去的。其間，生澀和苦悶，快樂與悲愁，都在桌前輾轉逡巡，消逝或者出生。

至今，那兩只仍然咬合生澀的抽屜裡，裝著的是少年時代的信件和日記，或者說，裝著的是青春期的獨白。我把成長期的種種都裝了進去。

櫃子和洗臉架則是母親的遺物，也是母親當年的嫁妝。記憶裡，櫃子裡面放的是一批舊衣服，一打開總是一股強烈刺鼻的樟腦丸氣味擴散而出，那時總因這氣味而避免去開櫃子。不知爲何，現在放了四只寫著「台糧硫安淨重 40 公斤 1965 年 12 月 1 日製造」的泛黃布袋。這是當年用畢的肥料袋。大約是那一年開始，鄉間已經不再流行用印花色的肥料袋裁製衣服了，所以才有多餘的肥料袋吧。

這四只肥料袋也要帶回台北。

小時候我還用過洗臉架，同樣的一只鋁盆，沒有換過。天黑了，就端來一盆水洗臉。洗臉時，對著架上那面鏡子照。鏡面已模糊，但仍然可以使用。這些動作理所當然而溫馨。那樣的日子不知過了多久。直到離鄉後陡然斷了。斷了也不覺得什麼，因爲向舊的生活告別，而這只是其中的一部分而已。

擦拭洗臉架的時候，在鏤花間來回仔細的擦拭，很費去一些時間。其中，女兒在埕尾拾來一枚廢棄的陀螺。陀螺的笨拙手工和年久失修的外表，我懷疑是當年玩伴之一以番石榴木，自己雕刻而成的。番石榴木是那時村內孩子用以雕刻陀螺的流行材料。洗淨並端視這只原木陀螺，使我停止了原來的工作。

擦拭完畢。把這三件家具搬上了小卡車。

五點了。嘉南平原的陽光斜斜的照在身上，仍然覺得炙烈異常。無意間，眼光又落到屋頂上。屋脊上原來鑲嵌的各色手繪磁片，連同屋瓦在七年前的一次颱風中全被颳跑了。補上去的是粗陋的水泥和水泥瓦。如此的外觀與過去本島泥瓦的暗紅樸拙外觀，是非常不一樣了。回憶仍然美好。稻埕上的嬉笑和少年時光的律動如在眼前。

我們離去。

車子很快的出了村莊。回頭看，村莊被一大片綠樹所包圍。其中，突出於右側的是我家的小果園。籬上種的三十餘株檳榔樹，很高的排列著整齊，從我進入小學以後，它們就存在了。彷彿間，我看見狹長的葉片在帶著金色的陽光中擺動……。

玉蘭葉子

我現在還收藏著一張玉蘭葉子。

這張玉蘭葉子只剩下了纖維密密織成。雖說是纖維密密，但是因爲時間已久，這些本來韌挺的纖維，已經變得軟質細瘦。而先前的淡黃顏色，也變成了褐黃，但是甚美甚雅的樣態，透露的是一種遺世的氣質。

這張葉子，就夾在小學三年級的國語課本裡，褐黃色沾漬著也是褐黃色的書頁，其實，是一頁沁人的記憶。

我會想起那些日子。

沒有玩具，沒有玩伴。日常中，放學回來只有獨自閒蕩。我很少坐在臥室裡那張日式的矮桌前。大部分的時間不明瞭自己在做什麼。

但是很孤單。一個人沿著屋後的那條小河，找尋一種叫做刺茄子的果實。刺茄子全身長滿了尖尖的刺，心形的葉子闊闊的，上面長有纖毛和小刺。看著刺茄子開出乳白的花朵，結出小小的淡青色的圓球。圓球慢慢變大，成熟時是一種很亮的橙黃色。

我也找尋啵仔。啵仔是爬藤植物，通常可以在燈籠花的樹籬間找到，綠色的藤細細的，纏繞著燈籠花的枝，淡綠色的花朵六瓣連接，長成鼓鼓的一尖形球，稍稍壓擠，就一聲「啵」，洩氣破裂。

這些找尋多半費去許多時間。那時，不上課的下午，大都如此度過。有時忘了寫作業。一次，在放學途中，看見高年級的女生拿著染了各種顏色的葉子，雖然只剩下了纖維質，但從那形狀，我仍認出那是玉蘭葉子。靛藍、橙黃、淡紅、淺紫和深綠，幾個顏色在手上很是耀眼。

很快，我弄清楚了那些葉子是怎麼形成的。葉子腐爛了，纖維就留下來了。

我家也有一棵玉蘭樹。

高大的玉蘭樹一直就在後院裡了，葉子發芽，葉子掉落和開花，都沒有人特別去注意。起風時，聲音飄忽的穿進室內，我都要起身去看，看葉子相疊相擊。

夏天的午後，嘉南平原的暑熱，溶溶充塞在空氣中，鋪開藺草蓆坐在玉蘭樹下，接受葉蔭間吹過的片刻的風，曾是喜歡做的一件事。

開花的時候又不一樣。香味籠罩著，特別是在清晨，我揀拾花瓣，放進小布袋裡，帶到學校去。一年級時，名字中有個「蘭」字的級任老師王老師，向我要了玉蘭花插在頭上。

之後，有一段時間，我都起得很早，摘得新開的花，讓這些花在王老師的捲長髮上，散出難言的氣息。老師的頭上戴著花，顯得慈愛，臉上的線條柔軟了。

王老師是一位十分嚴格的老師，上學的日子裡，我不敢忘記早起，也沒敢忘記學注音符號時，王老師拿著藤條，要我們指認哪個是ㄛ，哪個是ㄜ，而我並不眞確知道如何分辨，等輪到我指認時，卻已下課鈴響，終於大大鬆一口氣時的那種感覺。

在樹下拾得三張剛掉落、完整而微帶枯黃的葉片。

我知道一個地方很隱密，可以把葉子埋到小河的泥裡。那個地方只有在早上時有人出入，鄰居的幾位婦女來洗衣服，順便說話聊天，洗完，講完，就走了。

沒有人會知道我的祕密。

埋下玉蘭葉子後的心情是很愉快，很期盼，也有很神祕的感覺。我曾經在第二天、第三天、第四天，偷偷把葉子從爛污泥裡挖出來。已見腐去的葉子發出爛泥一般的臭味，纖維質稀稀疏疏露了出來。

再埋回去。

葉子爛得乾淨是一個星期以後了。在河裡仔細的一次一次清洗，一直洗到很淡的淺黃纖維露出植物的清芬爲止。

這是一件自己獨力完成的作品。我並沒有爲葉子染上顏色，因爲以蠟筆畫上去不像，便放棄了。

接著又製作過幾批葉子。一片片乾燥的纖維葉子，在我的生活中淡色的到處顯現。有的在衣櫃裡，有的在矮桌上，有的在書本裡。

小心的把這張纖維密密的玉蘭葉子，夾入近世紀末時所讀的普魯斯特的《追憶似水年華》，用心地把葉子平放在停著圖片的那一頁。

那一頁，十九世紀末濛濛的雨中巴黎，積滿了陳舊古典的味道。

某一日午後

午後的烏雲迅速的占領了天空。紅蜻蜓一群一群聚集飛舞。根據經驗，一場西北雨就要來了。

下午的第一堂課早已開始了，但是級任老師還在開會。班上鬧哄哄的。我，在教室內看著紅蜻蜓低低的飛，一顆心也在飛，可是就是不敢離開教室。

班上還有一批男生尚未回來。這些同學一定又如前幾天一樣，跑到鄰鎮大林去採青芒果了，那時，他們玩得錯過了下午第一堂課。沿著縱貫路過了斗南段，進入大林不久後，兩旁都栽植芒果樹。茂密的芒果樹已經纍纍結出小芒果，枝條垂得很低，要採摘並不困難。

上星期的一天，我們幾個女生趁著午休時間至溪橋下玩，探險完畢後，有人提議去採芒果，那時曾經往大林的方向走，走了很久才見到芒果樹。見了芒果樹，也沒有敢多做停留，立即折返，半走半跑，滿身是汗的回到學校時，第一節課已經遲了二十分鐘。還好老師未做任何處罰。

可是那幾個男生就沒有女生幸運了，當時他們被老師狠狠揍了一頓，不但被迫把小芒果一個個從口袋內掏出，扔掉，還在教室後面罰站到下課。

烏雲的翻滾越來越低，紅蜻蜓的飛舞越來越慢，級任老師尚未出現，去大林採芒果的男生也還沒返回。教室內的空氣浮躁不安，我覺得窒悶異常。

突然，男生回來了。每個人手上抓著幾張紙，臉上紅通通的興奮大叫：

「撿傳單哦——。」

然後教室內的男生一個個往外衝。女生終於也衝出去了。

衝出去的時候，想到的是我也要自己撿一張傳單。

這學期開始以後，已經有不少同學因爲撿到共匪傳單而記上大功，問他們傳單上寫的是什麼，他們不講，因爲老師交代不能轉述內容。

我決意也要自己撿一張。

出了教室，衹見一部直升機飛得低低的，還可以看見上面穿著橘色制服的飛行員帶著笑容。直升機盤旋上升，下降，接著撒下傳單——，這個動作把總共祇有十二個班級的鄉下小學擾得沸騰了，學童都跑出來了——

紅蜻蜓低低的飛，我們在其中衝撞，笑鬧追逐。傳單一張一張飄舞，在空中形成了層層疊疊很美的景致。地上奔跑著的小學童叫跳著伸出雙手去接……。

直昇機飛走了，往學校附近村莊舊社的方向飛去，跟著跑的男生越過縱貫公路，直昇機又飛回來了，男生又跟著跑回來——

上升，盤旋，下降，直昇機又拋擲下一大把傳單，造成了一次更大的紙頁飄舞。紙頁飄飄，有許多就飄到操場邊的稻田裡不見了。

不久，戴著墨鏡的飛行員向我們揮揮手，又飛往舊社的方向去了，這一次沒有再返回。

我仰著頭看，若有所失。一回神，發現自己在混亂中也搶到了一張傳單。上面是一個笑臉的人像，旁邊大大的寫著：「美國大總統詹森玉照」。

美國大總統詹森一雙笑著的眼睛對著我看，我在想這個是不是也能交給老師。

一轉身，看見級任老師面露笑容的走了過來，手上也拿著一張美國大總統詹森的玉照——

然後雷電交響，西北雨轟轟烈烈傾倒了下來。

桃花與橄欖樹

我的種樹之夢發源得很早。

未上小學之前，經常看見人家屋簷上長出小榕樹，細細的一株，在瓦縫中長出幾片綠葉，葉片就在太陽下發光，看起來很堅忍，很特別。

那是鳥榕。是鳥類吃了榕樹的果實，排出的種籽留在屋頂上，遇到機會萌芽生長的。

那時，幾乎處處可以見到這樣強韌的生命，一粒種籽找到了些微的泥土和水分，就有了生命。爛了的番石榴，可以長出小番石榴樹；掉了的木瓜，可以長出小木瓜樹；就連吃剩的龍眼核，也可以長出小龍眼樹。這些，看了都教我感到驚異。

我對一棵樹的觀察和好奇，當是從此開始的。可是，親手種植一棵樹，卻是在小學一年級的時候。

那一天，哥哥從學校攜回一棵帶著土的小樹苗，半尺高的身量，加上四片淡綠色的嫩葉，十分瘦弱的樣子。那是橄欖樹。第一次見到一株橄欖樹，內心充滿了欣喜。

在後院，楊桃樹和七里香之間，選擇了一個地方，挖鬆土，把樹苗種了下去，澆了水。種完一棵樹，尤其是橄欖樹，感覺新奇而愉快。

第二天早晨一醒來，第一件事就是去看這棵樹。四片葉子軟軟的，再澆了水，再等。中間，也有著小橄欖樹長大，開花，結出果實，我拿竹竿綁上鐮刀去割取的幻想，而且，想了許多遍。第四天，葉子枯萎了，之後，掉了。第七天整棵樹都乾了。

整個過程，心情是一天比一天焦急，終於還是絕望了。

從此，很久的一段時間，不再興起任何種樹的念頭。不過，種一棵樹的夢還是存在著。最簡單的是將種籽埋進土裡，不數日即發芽。每次見到這種成就，總有幾分自得。然而，未經移植的樹苗卻也都是長得瘦瘦的。

直到那年的秋天，父親種了一棵桃樹，一顆心才又被點燃起來。

比起小橄欖樹，桃樹是壯碩多了，大約有三尺那麼高，根部附著一大團用淡黃色草繩包紮妥當的泥土，看起來是那麼健康、那麼明亮，於是幾乎是不需什麼焦慮的等待，這棵桃樹就那麼理所當然的活了下來。

桃樹種在後院的一角，常常，我就看著。

第二年三月，桃樹已經長得高高的，稀疏的枝椏開出稀疏的粉紅花朵。那確實是一個不平常的春天，看著桃花粉紅軟薄開了近兩個星期。看慣了燈籠花之屬的我，竟覺得桃花實在美麗耀眼。

那時，已經進入小學，鄉下學校花木繁茂，不時需要除草或修剪枝條，這些工作，通常也由熟習農事的鄉下學生來做。做這些類似的勞務時，總是不知疲倦。同時，我也因此喜歡上玫瑰花的形狀和香氣。聽說玫瑰可以插枝法種成，我也不時從學校帶回長著尖刺的莖枝，仔細種進土裡。澆水，用心檢視，然而卻一次也沒有成功過。

不過，那玫瑰滿園的夢卻持續了很久。

燈籠花與雞屎藤

在夢中，偷偷回到了故居。

路線是這樣的，進入三合院的西護龍，拉開客廳的門，夜間九點多了，壁上的鐘還在走著。茶几上有幾隻瓷杯，沙發散發著微溫，彷彿某一位叔伯才剛剛離開。進入父母的臥室，空空的。我退出，走到後園，在微薄的星光下，推開長滿爬藤的木門，高大茂密的九重葛開著紅花，枝條伸得好長好長，拂到了我的額頭……。

然後，我就醒過來了。

已經一年半未曾返鄉。時常想念，卻又怕碰觸痛。上次回去是爲奔母喪，留了幾日，又離開了。父母在半年內相繼棄世，特別是母親突然離去以後的那一年，傷痛更顯得持續。

父母俱逝的感覺有如割裂。

舊家已經多年無人居住。幾年前，韋恩颱風選擇在濁水溪登陸，把屋頂上鑲嵌精緻的瓷片和古樸的陶瓦全部吹走之後，重新補上的是水泥瓦。這個父母的、歷史近百年的美麗家居，已經變成粗俗雜亂以及灰塵聚集的所在。

但是這裡又是自己出生和成長的地方，平時所牽繫的，都在這裡。

幾年來，欠缺整理的後園，草木亂長，各種植物綿綿疊疊，交錯糾纏，早已荒蕪不堪。但是閉上眼睛，一幅有秩序的景色仍然出現。芒果樹、楊桃樹、龍眼樹和番石榴，分布在園中，結出不同季節的碎花和果實。花圃的一角種著菊花、玫瑰花和大理花，至於含笑、茉莉花和梔子花是有記憶以來就存在著的。早晨花葉的清芬一直逗留到夜半。另一端則擺上許多盆栽。粗糙的水泥盆分別種上不同姿態的櫸樹、楓樹、榕樹和九重葛。幾年的風吹雨淋，水泥盆附了青苔，顏色變深，竟也古意濃濃。

後園的東側是以燈籠花短籬和鄰居區隔。印象中，燈籠花總是不斷開著，我們吸吮其中的蜜汁，把花朵串在一起玩，或著單純的把它看成一個燈籠。枝葉上爬滿了雞屎藤。雞屎藤的氣味濃重腥臭，葉片小小的，生長的速度很快，也開花，但是不雅的名字蓋過了清秀細緻的花形。而嫩葉炒蛋卻可以用來治療咳嗽，感冒時，母親拿著小竹籃，沿著樹籬仔細搜尋採摘，洗淨後瀝乾，打了兩顆蛋，鍋裡淋下麻油，燒熱後，再放入打勻的嫩葉和蛋快火炒成。黃黃綠綠的一盤子，我吃過幾次，味道澀苦而甘，要將整盤吃下，實爲艱難。

許多有月光的夜裡，在樹影下，夢想就如蝴蝶一般飛舞，沒有經過仔細辨識，但是心中似有了一個朦朧的藍圖。

後園內有一間小屋。這間屋子最初是作儲藏室用的，後來裡面那一間整理成書房，十七、八歲時的我，在那裡讀了不少文學作品。讀書的時候，飛蟲和陽光不停前來碰撞窗玻璃，常引我分心。而窗外的那一大片稻田，是插秧或者收割，油綠或者金黃，無論如何變化，都令我有不能壓抑的快樂，解除許多年少的憂悶與哀愁。

會想起在故居時的那些日子，害羞、孤寂，卻又對未知充滿期望。少年時期的日記和信件，與自己過去的一部分，仍然保留在一只抽屜裡。我感覺到這些日子的難以割離，就像滄桑的後園，經常在夢裡隱隱作痛一樣。

我想念親密相伴長大的燈籠花與雞屎藤。那樣到處蔓生的態度，正是生命眞摯的實踐，像顫抖的雷電，衹在一刹那，照亮過心頭的陰影。

夢中的番石榴樹

從前和我相處過的樹有一些。

那時，家裡有一個果園，裡面就種著這些樹。這個園子，我家稱之爲「後壁園仔」，意思就是位於屋後的園子，這樣連著家屋的後壁園仔，在我們庄裡有好幾個。我家的後壁園仔還不小，其實長大了以後才知道是一分多，大約是三、四百坪，不是特別大。可是對於小時候的自己來說卻是很大，大到我覺得它是個樹林。

這一塊地，我家的園子，其實眞正種果樹的祇有一半，因爲另外一半用來當曬穀場。即使占地祇有一半，但在那時的生命裡，這面積也夠大了。

可以說有記憶以來，這個園子就存在了。整座園子終年被樹籠罩著一片綠。「鬱鬱蒼蒼」

這個形容詞頗用得上，很典型的亞熱帶氣質。裡面對於季節較爲敏感的，就祇有苦楝和梧桐。這兩棵樹的變化較大，到了冬天總要炫耀自己的色澤，葉子由綠變黃變褐，展現完風姿後再全部落下，接著由鵝黃綠開始，重新長出葉子。其他的樹都十分實用，定時開花也定時結果。我那個性務實的父親主導著園子的種植事宜，所以有經濟附加價值的最好，要不然也得肩負著自家食用的重責大任。因此，芒果、龍眼和番石榴等是這裡的主流樹種。

我還很小，大約五、六歲的時候，照著生活習慣，我和母親白天經常在屋子的後方活動。母親就做著一些日常洗衣服、晾衣服和洗菜、摘菜葉之類的瑣事；我卻是獨自逡巡著撿拾落葉或者收集花瓣，觀看一些在空氣中飛舞或者墜跌的潔白細毛，捕捉著若有若無的光和影。同時，我很喜歡溜進深密的園子裡，對其中的蜜蜂和蝴蝶，或者只是野草好好端詳，每次都有新的生活情味出現，足以使我著迷。

於是，最先見面的就是苦楝樹，苦楝的枝葉長得濃綠，春天時淡紫色花開放是全園最盛大的事，張開的花朵和仍然新鮮的羽狀複葉互相交疊，不久，細碎的花瓣飄下，也可以在地上鋪著薄薄一層，煥發著奇異的氤氳，我會躡手躡足輕輕走過，不要驚動躺在地上的紫色。不過，如果掉落的是乾裂的暗黑果實，那麼踏上去，不穿鞋子的雙腳也會微微疼痛。

每一種樹都有其美麗之處，樹也可以是一種觸覺和一種嗅覺。比起苦楝樹來，番石榴樹，現今我們比較常用芭樂二字，就可親許多。番石榴樹不僅全身光滑，而且樹幹的分岔很低，一跨就上去了。母親從來沒有禁止過我爬樹；而我爬得最多的就是番石榴樹，因爲容易，也因爲樹身乾淨，摸起來細膩，而葉子散發出來的氣味，特別好聞。我和鄰家的小孩喜歡各據一樹大聲說話，交換辦家家酒的訊息。

後來稍長迷上看書以後，就一個人坐到樹上去，倚著樹幹閱讀，有時也選擇高枝，好讓視線可以投注遠方，尋找更有趣的動靜，或者上一季遺落的果子，那，通常躲藏在樹梢的葉間。我家的園子是不設門的，從番石榴開始結果以後，我的玩伴們就會偶爾入侵偷襲，芭樂因此也會不翼而飛。於是憑著經驗，我會關照著幾顆處於隱密位置的芭樂，希望它們在甜度上能夠有所增進，並且日照要足（有陽光曬的那邊特別甜脆），顏色最好是淡綠白的。那時，我是這樣注視著、等待著我的芭樂，乃至於多年後的今天，仍然有一個不定期出現的夢境：我如常的又來到那棵果子結得最甜、形狀最圓潤的番石榴樹前，這棵就位於園子的東北角落，如常的我仰望尋找，透過層層葉片，看見芭樂已經熟了，很飽滿的一顆，我就要爬上樹去採……。

法國小說家讓・紀沃諾（Jean Giono）在《種樹的男人》一書裡，一開始就說要看出一個人是否有眞正出眾的品行，除了觀察已久的「他的行爲裡沒有私心，動機無比的慷慨，心中沒有回報的念頭」，還有他在大地留下明顯的「印記」便錯不了。

這「印記」就是種樹。

在現實生活中，雖也見過一些良善純正的人，但還沒有認識一位爲大地留下印記的人。如果爲自己買下一小塊地種樹的人也算的話，那麼L就是，她在自己的土地上種很多樹。L的性情純良可愛，貼心負責，種樹也不獨沽一味，她說：「我種了很多種樹。」於是乎拔草堆有機肥成了她公餘的課業。

我自己隱隱約約也有過種樹的志向，當然這與《種樹的男人》的主人翁艾爾則阿．布非耶每日種下一百粒橡實，努力的種，種到早已乾旱破敗的土地找回生命，變得豐腴富有，處處顯露幸福的光芒，青年人也回來了。我的微小志向當然遠遠不及其萬分之一；但是小時候，一塊肥沃的園地就在那裡，我始終有將自己在外面認識的花樹，塡補到我家園子裡的強烈欲望。

我小學念的是八七水災後才建立的新學校，就在草創初期，因此經常栽植一些新花木，有那些剩下的苗木，老師都會分給我們這些農家子弟。可是我們之中在家多半需要幫忙耕作，有閒情種花種樹的實在不多，於是剩下的苗木裡，我曾多次拿到玫瑰和菩提樹。帶回家後，它們就在園子的一隅奮力生長，說奮力是因爲它們沒有得到良善的照顧。另外，我也曾經熱心為那些種子落地後長成的小樹苗尋覓新住處，那時才低年級的年齡，我就知道樹苗需要移植的重要性，因此當番石榴、芒果、龍眼，或者木瓜的樹苗細細瘦瘦長出時，我就急切的想要為它們搬家；然而被我移植的樹苗並不見得會比原來長得更好。但我總是樂此不疲，經手的數量也有一些。

不只是我，我的哥哥姊姊們同時也是興致勃勃。我的一個哥哥天生的綠手指，那時他還是個小學六年級的孩子，某日從學校帶回一株七里香，種下之後，澆水拔草，耐心等待。開花時乳白的花朵香氣濃郁，結成的果實，先是橢圓的綠，有指頭一般大小，成熟時再轉為透紅。我的哥哥就是利用這一批種子培育更多樹苗。到現在我仍然記得他開闢的六尺見方的小苗圃，鬆土之後，把採摘來的紅色果實一粒一粒播下，長出細細綠綠的小苗後，再一株一株移到園子北側種下，他說要栽出一個七里香籬笆，果然三、四年後七里香蔚然成籬。今天他在台北的一樓住家裡，也有一個狹長的園圃，其中的七里香正是他當年手植的後代子孫。

而不記得從何年開始，父親把曬穀場廢了，收割回來的穀子就直接運往所住的三合院稻埕上，想必在那裡的水泥地容易乾燥稻穀。於是我家的後壁園仔變得更完整，栽植的種類也更為海闊天空了。那時父親把一些心思放到園子裡，他迷戀著梔子花，有一段時間，十餘株梔子花開放時，我在臥室裡都可以聞到那特殊的香氣。父親又迷戀著盆栽，他種榕樹和九莒，用細鉛線固定樹枝，花時間照顧，種得樹們生機盎然，姿態優雅。這些於他都是無師自通，連種樹用的水泥盆子也是自己釘製木板模子，自己攪拌水泥灌漿，做成的盆子堅固耐用，倒也有他的個人風格。

有一日，在朋友家見到火豔豔的複瓣九重葛，很爲那燃燒般的花朵所眩惑。不久，朋友送我一棵，第二年竟也開花了。再來，就如同七里香的例子一樣，在幾年之間，整個園子西側的籬笆上都爬滿九重葛，開起花來就像著了火一樣，顏色揮霍得暢快淋漓又嚇人。再來是父親把九重葛也種進水泥盆子裡，成爲虬勁有力的盆栽。那時我已離家到台北念書，每一次返家，都要驚異於後壁園仔的變化。

這些年過去，偶爾回到舊居，再看這個園子，總是有不可思議的感覺。少女時代的花，九重葛密密的把入口處封住了。我從來沒有在開花的時節回去過，但是九重葛的藤，九重葛的刺，把一座童年的祕密花園團團圈起。在父母相繼離去以後，我幾乎沒有再進去過，儘管我想要相詢梔子花、九莒，以及我的番石榴樹們可好，但是時間停頓了，這個園子的時光就停留在那裡，時光靜止，時光沉沉入睡，就如睡美人的薔薇花園一樣，沉睡了。

如今，在城市裡遇見曾經熟悉的樹，都有悄然心動的感覺。每一見到，好像是從前某些事件的再記憶。譬如，見到番石榴花，純白的花瓣和氣味，很標準的春末的消息，那樣慫恿人去思想，我和母親，我和父親，我和哥哥姊姊共同度過的時光，溫和慈愛與童稚孺慕種種，是那樣耐人尋味、值得懷念，卻又有幾許感傷，畢竟這些日子都遠了。而在窘迫的公寓空間裡，一個侷促的陽台，一個陶盆，裡面是一棵枯瘦的番石榴樹。這棵有個性的樹，每日探到的日光有限，終於養成不花不果，從不給驚喜的脾氣。可是在它含斂的光輝之前，敢於想像作夢，買一塊地自己種樹的志向畢竟還是存在的。

輯四

不記得那一夜是怎麼結束的，不過，心裡倒有悵惘的感覺，阿火，火，想要燒燬一切的火，畢竟落入真實的生活中了。

毋忘我草

我會想起這一幕：

一個五月杪某日的下午，我們，三個穿著白衣黑裙的十六歲女學生，在降完旗放學後，仍然不願意回家，就在那一座以美麗精緻出名的校園裡走著，走著看文珠蘭，看夾竹桃，看尤加利樹，看滿架的大鄧伯花盛放著，就如春日天氣般和煦的張開……，其中，文珠蘭的長厚葉片，尤加利樹的清越芬芳，可能激出幾許好奇，幾許佇足觀看的心情……。

最後，緩慢的腳步就停留在一片鄰近操場的草地上。我們原來想要走得更遠，那就是穿過操場，前往學生宿舍旁邊的那幾畦栽培中的苗圃，那裡種滿許多草本類植物。其中，有一畦正種著毋忘我草。

毋忘我開花了。紫藍色的軟薄花瓣一串串開在這看起來像是什麼草類的植物尾端。我們喜歡把紫藍蕊心輕輕扯下，一蕊一蕊疊起來，有如穿線一般，穿成一個圓圈，壓在一些心愛的詩詞書本裡。

我的《李後主詞》裡壓著一圈毋忘我。原來的鮮紫藍色澤褪成了灰紫藍，花瓣更薄了。這是前一個星期六的下午，在花圃裡尋著花，一朵一朵去搜找的。知道毋忘我已經開花的人不少，每天都有人來扯取蕊心。夾著毋忘我蕊心的書本特別寶貴，我就翻著檢視著，溫悅的領受一種難以言喻的細膩感覺。

我們原本要穿過操場前去摘取毋忘我的。可是太陽已斜，金光恣意鋪落在草尖上，一種暮暗的美漸次湧上，必須通勤返家的我，似乎不該再往前行去了。

在草地上，我們趴臥了下來。身體接觸的是柔韌的野草。這些草才剛剛剪過，散發出濃濃的香氣。這些草不是嬌貴的朝鮮草，春天雨水充足，長得更快，便常常看見工友李桑推著剪草機經過，又爲不是朝鮮草，觸感就不扎人，趴臥下來，我可以說是很暢意的。

操場的另一邊是升旗台。升旗台旁是一座覆著琉璃瓦的高大牌樓。整座牌樓就是蔣總統的畫像，畫的是很常見，穿著卡其色中山裝，露出笑容的那張半身照片。這座琉璃瓦牌樓是不久前才落成的。校長要我，青年戰士報的駐校記者，向報社發出一則「琉璃瓦牌樓蔣總統畫像已經落成」的新聞。然而，疏懶的我竟未能盡職。

現在，蔣總統在距離遠遠的對面向著我們微笑。因爲畫幅巨大，是故被誇大的微笑著向上翹起的嘴角，以及充滿溫柔笑意的眼睛，在夕陽中仍然顯得十分清楚。

如果你不知道那是蔣總統的話，這是一個很美的笑容。

我注視著這笑容，心中似有暖流通過。那雙眼睛也注視著我。

雪明、玉琳和我三人初中同校。玉琳和我同班過一年，雪明在隔壁班。進入這個學校的第一次月考後，我們就知道彼此了。在成績榜上，玉琳和我同樣列入甲等，雪明成績較佳，她是她們班的第二名。

高一我們同班了。三人的身高相近，所以座位也就排在一起。玉琳和我因兩年不同班而已經有些疏遠的關係又親密恢復了。玉琳身材瘦瘠，但是聲音響亮，喜歡演講，功課不錯，作文尤其好。有一段時間，她的黑皮鞋底鑲著一塊鐵片，走起路來金屬碰撞磨石子地，發出很大的聲音。她的母親從事某教的傳道工作，父親在糖廠任職。一弟一妹之外，有三個姊姊。玉琳的家有一個很大的庭院，裡面種了許多花、樹和盆栽。這個家用高密的燈籠花樹籬隔開了外界。除自住的閩式磚屋外，還有一間新蓋的歐式平房。這間蓋得很優雅的水泥房子屋頂很高，室內寬敞透亮，整間屋子就是一個大榻榻米間，前方有一個神壇，兩旁飾滿菊花之類。這一間是做爲信徒膜拜的場所。

去玉琳家的那一次還見到她母親。她穿著黑色袍子，身材高瘦，面容冷靜，正在大榻榻米間和信徒講話。到了黃昏，玉琳的父親下班回來了，他就逕自推著腳踏車往磚屋前去，看也沒看我們一眼。不久就拿著花剪和鋤頭沉默的在花園裡工作。我離去時也未對他說再見。玉琳說，有一次她在花園裡唱歌，父親跑出來問她牙疼是不是。又有一次玉琳說，一個中年婦人帶著孩子，站在大門口等她父親下班回家，這個婦人不只出現一次了。

玉琳和我每天課後都在一起。那時我迷上閱讀翻譯小說，習慣在放學後到鎮上的書局去找書看，在那裡逗留上一個小時，雖則玉琳對翻譯小說並沒有什麼興趣，但她總是陪著我去，自己也找些書來讀，可是看得出來她是在耐心等候。我們的眞正快樂時光是看完書後，利用有限的零用錢，到市場去各吃一碗鴨肉麵線，再回家。玉琳總是推著腳踏車送我到火車站，迎著夕陽走在新生路上，然後再騎上腳踏車，走反方向回去。

交往的過程中，玉琳偶爾對我敘說母親的信仰，及所發生的神蹟等等，說母親從事傳道工作的因緣即是受到神蹟的感召。但是我看她並不怎麼熱中，母親因工作需要得出國到日本、韓國時，玉琳就需照顧弟弟妹妹，她也曾經悲哀的說出家族祕密。那就是大她三歲，長得秀氣的三姊，在一家私立中學念初二時即遭歹人監控，並常因之離家出走，父母不時地奔波追討，最後不得不在三姊畢業後，將她嫁到北部某個客家庄。二十歲的三姊，現在已是兩個孩子的母親了。

每天我們都在一起。雪明的加入則是第二學期以後的事了。她一向獨來獨往，寡言少語。但有一次在全班集體向地理老師開戰時，雪明終於爆發了前所未見的尖牙利嘴。也就僅僅那一次，不過她卻因而與我和玉琳熟絡起來。

其實她和我們仍有交集，就是我們都曾被同一位國文老師教過。國文老師經常前一堂在我們班，下一堂就到了隔壁的她們班，或者前一堂在她們班，下一堂就到了我們班上。

每天都會看見老師帶著笑意的眼睛。我們也曾在不同的時間去過他位於鎮外的家。

我去的那一次是一個星期六下午。早上聽聞他的六歲女兒，因病半夜送醫仍然不治後，決定中午下課後和同學一起去看他。我們走路去，祇要二十分鐘。他家位於兩條道路的交口，門外有一株古老的九重葛，繁茂的枝條覆蓋了大半屋頂，正在綿綿烈烈開著紫豔豔的花朵呢。

國文老師在家，我們也見到了他的妻子，傳說中的她祇有小學畢業的學歷，是他的繼母的女兒。正值巨痛的她，雙眼紅腫，但是溫柔的對著我們微笑。老師引我們到後面那擺著一張單人床的狹窄書房。這間書房是加蓋的，比前面的房間要矮一個台階。我們五、六人把書房擠得滿滿的，四壁的書也是滿滿的。樸素的木頭書桌上有一疊攤開的稿紙，是他正在進行中的一部武俠長篇小說。據說他的大學就是靠著寫作武俠小說和繼母女兒做工才得以完成的。

稿紙上的故事正是男主角——一位儒俠正在吟唱一首七言絕句。這位儒俠愛上了女主角，可是女主角，一位與他旗鼓相當，也能寫詩的俠義女性卻不愛他，但同時卻有另外一位柔弱的少女愛上他。最後儒俠什麼也沒有得到。帶著傷悲的國文老師這樣向我們說明小說的內容。我注意到他以筆名完成的一小本一小本，一套共三十餘冊的武俠小說，整齊的排到床頭一個特別闢出的小型書架上。

那天下午，我想我們沒有安慰到他。幾個十三歲的女生，人生尚未開始，尚未有過苦痛的試煉，我們不會懂得他的痛。但是我們離開他家很遲。往著鎮上的方向走去，正是夕陽西下，道路兩旁的木麻黃樹一棵一棵，正好背著薄金的光，暗黑的樹形中，幾隻歸鳥凌亂啁啾，我一個人落後同學許多，彷彿感受到淚水正撲簌而下……。

後來，國文老師便不教我們了。可是我常常想起上他的課的情形，在那時內容困乏的生活裡，我們會講到他。曾經若有若無總是搜尋著他的眼睛，等找到了，卻又困窘著避開。我不定期的向他借著書讀，所以進行著緩慢的借書、還書、借書、還書……的動作。

又一次，趴在草地上，玉琳與我說到了他。說今天下午經過他的辦公室時，他窗外的那棵蓮霧樹上的果實掉了幾粒，他就陪著學生在撿地上的蓮霧。這棵蓮霧樹枝幹粗壯，樹的形狀和葉子都很美，總在冬末就開了乳黃的細碎花朵，香氣濃厚，遠遠就可聞到。到了五月，纍纍的果實就成熟了。這種造型雅致的白色蓮霧其實是小而酸，未經改良過的土蓮霧，我試過了一次便想欣賞就好了。玉琳說，那些學生最後拿來了一根長竹竿，把蓮霧和葉子一起絞了下來，國文老師就在一旁笑著看著……。

我沒說什麼，可是感覺到雪明的情緒騷動。雪明是一個聆聽者，她很少主動說起什麼話題，就算有也是與自己無關的事或人。

黃昏的陽光斜斜的照在我們身上，遠處的巨幅笑容有一點點模糊了。玉琳焦躁的翻過身，頭仰著看逐漸暗淡下來的天空。雪明動也不動，眼睛裡透著夕陽的光，以及一些霞彩……，望向前方的十分不可知。

「……我以前常去他家，放學以後去，去找他聊天……，天快黑了，他送我回鎮上，兩人並排騎著腳踏車，你知道那種感覺，路邊的兩排木麻黃樹就在暮色中，還有稻田，你看見仍然有一些光在躍動，這樣持續了很長的一段時間……。」雪明說完，靜默著，久久才說：「現在很少去了，……有一陣子覺得很痛苦，現在比較淡了。」講完，又是靜默，許久，雪明坐起來，笑了：「難道妳們心裡都沒有喜歡過誰嗎？」玉琳恢復趴臥的姿勢，臉上的陽光消失了：「自從看到王華剛和劉美慧走在一起以後，我也很傷心……」王華剛是新來的歷史老師，很年輕，才剛從大學畢業。

尚未服兵役的他，很認眞的教我們，每一個星期都要刻鋼板印講義發給我們當做補充教材。他是一個很害羞、很容易臉紅的人，上課時連學生也不敢看。可是，不久前有人開始看到他和劉美慧走在一起。我就看過。那是某日放學後，我看見劉美慧從教師休息室走出來，王華剛也跟著走出來，兩人笑著並肩走出校門。劉美慧還背著書包。他們要去哪裡？他送她回家嗎？玉琳自己也看到了。唉。那女生我們是知道的，她不在高二成績最好的那一班，但是聲音很好，很會唱歌，是校內少數幾位練聲樂的學生之一。學校禮堂的舞台上有一架鋼琴，音樂老師就在那裡個別指導學生練唱。每天早自習時，總是從禮堂傳出練習、反覆的「啊啊啊——啊啊啊——啊啊啊——」由低到高，由高到低的聲音。她的聲音就在那裡面。

玉琳說完，歎了一口氣，又翻了一個身，然後眼睛直直的瞪著我。

「妳呢？」

我呢？幾個月前在一個文藝營裡，認識在鎭郊某基地任軍職的李。他是授課教師之一。平常就在縣裡出版的月刊讀過他的作品。爲期三天的文藝營，課程包括了各種文體的練習和壁報製作。李來上了兩堂小說課。和他沒有交談過幾句話。文藝營結束後，心裡不會想再見到他。可是總隱隱想著、想著。他讚美過的我寫的一頁書法就夾在書本裡。某一日放學後，玉琳和我走在路上，就在靠近圓環時，我看到他了。他穿著咖啡色西裝外套，推著腳踏車，和一個穿著白衣黑裙的女生走在一起。我在文藝營裡見過那女生，最近幾期月刊都有她的作品，她寫的小說曾經引起討論。

看見他，有些心裡沒有預期的驚異。他也看到我了。胡亂笑著，就和他錯過身了。錯過身了。這是暗戀嗎？這是嗎？

玉琳的眼睛還在逼問我。

「……我，我沒有。我也喜歡過別人，可是現在沒有了。」

說完，鬆了一口氣。感覺天就急速黑了。初夏亮燦燦的粉紅、粉藍和粉橘互相交錯混合的夕照，已經變成厚厚的陰暗晚雲了。小星星掛在上面，一點一點明黯明黯……。

直到多年後的今天，我仍然會想起這一幕深深鐫印在心版上的景象。青澀純潔的三顆心，這一幕景象是一個少女成長歷史的紀錄。

故事一直都在進行。大學畢業後，幾年之間雪明和玉琳分別結婚，也做了母親。其間我們也聽說王華剛和劉美慧結婚，並有了小孩。王老師很上進，教了幾年書後，通過國中校長甄試，現在在某國中任職校長。

又是許多年後，有一次和雪明見面相聚，那時她的婚姻已經有了問題。我們又說到國文老師，我們總是談到他，彷彿他是我們中學生涯的大部分。他已調往南部某女校，雪明很少和他聯絡。是兩個孩子母親的她說很想再見到，畢竟是十餘年沒見到面了。

可是，雪明隨後又說：「不，不能再見到他了，他一定很老了——。」

我沒有說出的是，幾年前任職一家報社時，某日在工作忙碌之際，突然接到李的電話。乍聽到這睽違已久的聲音，若未說出姓名，也不敢相信會是他。李客氣而堅持的說要來看我。掛上電話，我才吃驚的發現，電話中的寒暄比在文藝營三日所講的話還要多。

幾個星期之後，他眞的來看我。和他約在報社旁邊的一家咖啡店見面。坐下來之後，他開始講這些年來發生的種種，生活的遭遇，如何離開軍職又如何到台北謀事。我靜靜的聽他，靜靜的看他。約莫六十歲的他，臉上顯現的是人生的滄桑和磨難，他的神情有些焦慮，我知道，那是生命的不安定感；他的語調並不平和，那是有著憤怒……，這就是歲月麼？初見他時，他離四十歲尚有幾個寒暑，這麼多年過去，那麼他還與青春有所聯絡嗎？

我呢？就在剛剛步入這家咖啡店時，一前一後，他就走在我的後面幾尺之處，我聽見他不由自主的，又是不可置信的喃喃自語：「怎麼變成這個樣子？怎麼會變成這個樣子？」

怎麼不會變成這個樣子？十六歲和四十歲的我怎麼會是一樣的？首先，十六和四十，兩個數目不同，何況三十七公斤和四十七公斤的體重也有差距。容貌、形體和想法都已經有了改變，經驗、閱歷和時間不會使一個人一成不變。人生不可置信的地方太多。我的人生尚稱順遂，但也有疲憊的時候，其中偶爾的快樂是繼續前去的動力。我和我的文藝少女時代，那麼貧瘠，卻仍可回味的青春，都留藏在記憶的匣子裡，有時打開，就讓往事在心裡氾濫到不可收拾……，有感傷，有溫馨，我不留戀，也不自憐，那就是在和青春對話，與青春和解。

末了離開時，李付了咖啡錢，又是客氣而堅持的。

此後，沒再見過他。

人生場景

我和淑華已經有二十年未見，雖然中學都在同一所女子學校就讀，但是因爲從來沒有同過班，所以六年裡並未交談過。

淑華長得高高的、甜甜的。那所女子學校雖不算很小，但也不大，所以校中人物大約都彼此知道臉孔和名字。初中時我在孝班，她在仁班；高中時我在忠班，她在孝班，六年都在隔壁而已。

去年底，有一天先生說起和學生交換有關於個人的故鄉種種，其中，有一位博士班學生與我來自相同的小鎮，並且他的太太畢業於與我相同的一所女子中學。後來，互講了名字之後就知道是誰了。

二十年未見，而且也從未交談過，但是在那家飯店見面時，還是一眼就認出來了。彼此當然都變了。二十年，怎麼會使人不變？淑華有兩個孩子，女兒念國中三年級，兒子念小學四年級，她自己是國中老師。先生和氣溫文，有了碩士學位的他，在工作多年之後，仍然感到不足，於是去年秋天又回到學校當起學生，她和孩子都十分支持。

這是一個看得出來的和樂健康的家庭。

我呢？

我也有一個和樂健康的家庭。女兒四歲，每天都讓我們分享她成長的點點滴滴，給我們愉快的經驗。

和淑華一起吃飯，很自然地就說起從前的事情，那些共同經歷過的人和事，重新回味起來，親切又溫暖。還有那座美麗整潔的校園，我說我記得十二月盛放的聖誕紅，紅豔豔連綿著一排長長的圍牆。淑華則記得那些繁茂多花的九重葛，印象裡總是開不完似的，密密鋪滿了花架。

除此，還有人，來自周圍幾個鄉鎮的同學，在淑華和我都已經歷練過一些人事的今天，想起來加倍感到單純與素樸的可愛，而白衣黑裙，又是清清明明的視野。

然後講到文珠。文珠姓王，是我的初中同學，淑華的鄰居。

初二時我才和文珠熟了起來。文珠的成績中上，人長得白白的，但並不是蒼白，還透著些粉紅，尤其是嘴唇的顏色紅潤好看。那時候，大家已經流行穿不起縐的特多龍料子衣裙，祇有很少幾個同學仍穿著布質白上衣。文珠就是其中之一，她的布質白上衣經常燙得很乾淨硬挺。可是，在我的感覺裡，文珠總是有些那麼神經質的憂鬱。她的父親是警察，母親生了八個女兒之後，終於生了一個兒子，文珠是老二，一家人就住在狹窄的警察宿舍裡，祖母也住在一起。

當時的警察待遇並不好，文珠的母親也未工作，可以顯見她父親的重擔。但是在那個年代裡，做爲警察的兒女仍可看些免費電影。我和文珠常常在一起時，有一個星期六下午，她就帶我去「光復戲院」看了一場免費電影。在入口處時，文珠向收票小姐說：「我爸爸是王××。」說完，收票小姐就讓我們進去了。

電影的名字叫做《愛的世界》，也是當時很流行的同名小說，是由朱小燕根據電影加以翻譯改寫，而由皇冠出版社出版的。這本書我們都買了。這是一個悲傷的故事，是敘述一個父親帶著一對失去母親的兄弟過日子，爸爸偏憐著年幼的弟弟，儘管哥哥處處護衛著純眞的弟弟，但是仍然處處受到父親的誤解，最後哥哥爲了救起落在湖中的頑皮弟弟，自己卻失去了生命……。

這一場電影看得我們兩人哭得淅瀝嘩啦的。一開始，故事進入高潮時，黑暗中的文珠和我都強忍著啜泣，後來文珠終於哭了出來，我也跟著哭了。出了戲院，兩人的臉上還都掛著淚水痕跡。在夕陽將盡之時，沒有說話，便各自返家了。

文珠那時擔任班上的服務股長。服務股長是負責班上的清潔衛生。那時班級間尚有整潔比賽。每日下午四點多放學後，輪值的同學必須留下來打掃教室，做些拖地板、擦玻璃的工作。近五點時，就有訓導處人員來檢查打分數。文珠通常是留下來和輪值同學一起打掃，而且還要等到分數打完之後才回家。一週的成績便在次週一的週會上公布。前三名就可以在教室裡掛上一塊書寫「整潔」的第一名，或二、三名的鏡框。成績差的有時也被公布出來。我們班雖然偶爾也可以掛上整潔鏡框，但是也有被提出來檢討的時候。

有一次，就被點到了。到了星期四班會，導師又特別講到教室不夠乾淨，服務股長應當負起責任等等。輪到各股股長報告時，文珠大大的生氣了：「大家都不配合，叫我怎麼負責？」

文珠漲紅著臉站在講台上，說不下去了，眼睛濕潤著站了很久，直到氣氛開始有些僵了，導師才叫她下來。

那時的國文老師，一位曾經跟學生有過緋聞，綽號叫做臭黑臉的，是上課了就照著課本念，下課了就走的那種。老師和學生之間沒有交流，上課之前也不準備完整，以至於有一次他把「羊城」解釋成「浮泛在水上的城市」。

那一年，本來最喜歡上國文課的我，終於失去了熱誠。國文課成了我最想逃避、最難耐的課。至於作文，也都是七十幾分而已，我已經不在意了。

然而最給我震撼的是，有一次的作文課，他並未指出姓名地足足把我罵了半堂課。

「有人自以爲厲害，提起毛筆來沾了墨就寫，以爲是天才啊？天才也不是這樣子的，天才也要打草稿，這樣隨便寫，妳以爲能夠得幾分？……」

作文簿發下來，六十九分，是我自從小學三年級學習作文以來，分數最低的一次。

隔週，臭黑臉又罵人，仍然是不指姓名的。

「有人寫什麼心情不好、人生苦悶。人倒是長得高高壯壯的，寫出來的都是什麼痛苦呀，不快樂呀，妳們對人生能有什麼了解呢？都還不是些無病呻吟？……」

全班靜寂無聲。

下課鈴響了。班長的「起立、敬禮、坐下」還沒喊完時，教室後面起了騷動。我回頭看見文珠雙手握著拳，眼睛半閉，哭著激動低叫：「說我無病呻吟，我是有病啊，我是有病啊，我是有病才呻吟的啊！……」

文珠周圍的同學擁向她，抱住她，安慰她……。

臭黑臉也看見了，一如往常，課本收好，面無表情的走了。

文珠激動的情緒並沒有平息下來，她滿臉通紅，淚水凌亂，然後身體向前傾倒了下去。個子高的幾個同學大叫：「趕快，趕快，把她抬到醫務室去……。」

下一堂課仍是作文課，臭黑臉又回來了。文珠就在醫務室裡休息，直到中午吃便當時間到了，她才蒼白著臉回到座位上，飯也沒吃就趴在桌上，眼眶紅紅的。

這一幕人生場景，使我一生難忘。十五歲的我，並未早熟到了解人生，但是可以說是接觸到人生了。彷彿之間，我見到了人生苦痛的實例，也似乎比較能夠了解文珠所承受的家庭壓力和個人情緒問題。

而這一幕場景，也使得我在日後，大學畢業了，擔任國文老師的兩年裡，在批閱學生的作文時，面對著學生滿紙的人生是痛苦的、憂愁的，不論看出來的是眞感情，或者假呻吟，我都願意告訴自己，不在他們的作文簿寫上「無病呻吟」四個字，以避免刺傷任何一顆青春期敏感的心，我願意把那些吐出來的苦悶，當做一回事，眞誠寫下評語，如果那樣也可以暫時紓解一個受困的心靈的話。

經過此一事件之後的文珠，其實也仍如往常一般，祇是很明顯的，從前喜歡過的作文，不再認眞寫了。

後來畢業了，我繼續留下來念高中。文珠念了五專，我再也沒她的消息。

至於臭黑臉，那時許多新的國中都成立了，我們的女子學校就要變成純高中，所以師範畢業，原是小學教師，經過檢定及格才能教初中的臭黑臉，也就離開學校，不知去了哪所國中。

淑華說到文珠。

「那時候，文珠剛生完女兒，才從若瑟醫院回到娘家坐月子，沒等滿月就自殺死了。她吃了安眠藥。文珠才二十七歲。我和文珠幾乎是從小一塊長大的，她好像沒有快樂過。唯一的弟弟又在十二歲時車禍死了，文珠的媽媽和祖母幾乎要瘋掉……。文珠可能是產後憂鬱，加上人生實在太苦了，所以才不顧自己已有新生女兒的養育責任……。」

淑華繼續說。

「然而，文珠又是在什麼情況之下，才剛剛獲得一個初生的小生命，卻又何忍捨棄自己的生命，自己的責任呢？……」

我的心喟歎著。自從那一年的無病呻吟事件過後，總以爲文珠的人生要比別人走得辛苦一些，但是即便如此，總也有建立自己家庭、追求自己幸福的一天吧。多年之後，重獲消息，竟是這個完全沒有被預設過的結局。

文珠，是個悲劇。

坐在都會裡華麗飯店的精緻歐式餐廳裡，兩個稱得上美滿的家庭，在溫柔的燈光下，優雅的氣氛中進食……，我，有一些淚濕的感覺。

那一年夏天

初中畢業的那一年，我接受了學校的直升，而拒絕了父親的希望——女孩子做小學老師是最適合、最穩定、最有保障的事（這裡的同樣意義是學雜費全免，又有零用金）。

我沒有按照父親的期待去考師專（不去考也含有大概也考不上的意思）。我有我的志願。

父親非常失望，並表示不再讓我繼續升學。

那個暑假冗長而沉悶。

熟黃的稻子收割了，鐵牛車載回來，一袋一袋傾倒出來，曝曬在稻埕上，經由烈日蒸發，散出燥急鬱熱的難忍氣味，這些混合著草腥味，和持續的高溫，日子中所能獲得的快樂其實很少。

每日，我也做翻曬稻穀與推草的勞動工作，但是，大部分的時間，仍是不知所以，或者唯一的是讀赫塞的小說。那時候的志文出版社，出版不少翻譯小說。那些，我寄託的所在，閱讀文字，進入文字世界消磨光陰，或也減輕些現實的負擔。赫塞，《徬徨少年時》與那時的心情，大概有些相通之處。偶爾，騎著腳踏車到鎮上的書局，逗留一、二小時，尋找新出版的書刊，有時買回來，至於素來寫日記的習慣，已經不再保持了。

日子一天一天的過。

父親並沒有軟化的意思。

中間，學校來過兩次通知，一是報到通知、一是註冊通知。

八月底了，稻埕上的穀子都清得乾淨了，只剩埕尾一堆一週前風鼓過濾餘下的空殼穀子，褐黃色的像座小山丘一般，不動不移。

教務主任來的那一天，我正站在空蕩蕩的埕頭，靜靜看著一天的開始。望見教務主任的摩托車進入大埕時，心中嚇了一大跳。他騎著五十ＣＣ的本田摩托車，引擎聲音並不大，但在靜寂的住居裡，畢竟引起了注意。

才早上九點多。父親母親都不在家。

摩托車在我面前停下來。教務主任笑著說：「好久沒有見到妳了，我來看看妳是不是都好。」

我沒有回答。

「剛才來花了四十分鐘，比我預計的多出了五分鐘。沒有來過這個地方，可是沒有走錯路。」

教務主任說。

「我從學校來的。」

教務主任又說。

「最近我買了一些新的書，不知道妳有沒有注意到……。」

這位擔任過我兩年國文老師的教務主任，我想他一直在找尋話題。從前課餘去找他時，沉默的他是不太有話的。最多只有主動說他最近買了什麼新書。我們去過他在鄰鎮鄉下的家。狹窄的書房裡，三面牆壁都是書。那些書，在鎮上的小書局買來的少，大部分是從中央日報的廣告預約買來的。他常常劃撥預約書。兩年裡從那間狹窄的書房裡借走了不少書。當然也喜歡上他的課。上課，也只有他，當時才二十七歲，幾乎了解的放縱我和我的夢遊……。

「妳最近有沒有讀什麼書？」

教務主任問。

「沒有。」

接下來的光陰，教務主任只有笑著。

「帶妳們老師去摘番石榴啊。」

剛剛從鎮上回來的堂姊這樣說。

「啊，不要，不要。」

教務主任仍然笑著。

在我家後院的果園裡，種的是爲數不少的番石榴。我注意到了教務主任採摘番石榴的動作。過度老成的他有時也輕輕躍起，不過大部分他仍選擇伸手就可摘得到的。但是那些伸手就摘得到的好吃的番石榴，早就被摘光了。

安靜的摘著番石榴，一個塑膠袋就要滿了。

「好了，好了，我想夠了。」

教務主任說完我們就沒有再摘下去。

回到前院的摩托車旁。

「我該走了。我只是來看看妳。」

教務主任在把手上掛好番石榴，然後發動摩托車說：「再見啊。」

「再見。」

我說。

九月終於到來。我仍然待在家裡。但是，對於將來，我已經有了計畫。這一年，我想到台北找個事做，然後考夜校，我想要靠自己。

開學的第五天下午，近三點了。父親從鄰鎮舅父的牙醫診所回來，匆匆對母親講了一些話之後又出門了。

「妳爸爸叫妳去學校註冊，現在趕快去把頭髮剪一剪吧。」

我又回到學校。四點多，學校已經放學了。夏末的太陽把一座校園照得透亮透亮，交錯著經過的人影和話語。我想仍可以找得到我要找的人。

我直接走向教務處。教務主任看到我，一樣的露出笑容說：「妳回來了。」

我點點頭。

教務主任帶著我，我們去了我的新班級。這一班是直升班，祇有三十六人，加上我共三十七位，有一些是舊識，部分同學留下來打掃。新的導師很年輕，教英文，長得很清秀，剛剛從大學畢業，她笑著說：「明天就來上課吧。」

我又重新開始學生生涯，不快樂之中有著快樂。回到學校前，母親含著淚要我去剪掉蓋了一個暑假的頭髮，那一幕，令我終身難忘。她說父親在鄰鎮看見背書包的孩子，只有我待在家裡，他感到痛苦。這，對我而言也是一頁苦澀的記憶。

半個月後，工學院畢業，在金門服完兵役的四哥進入一家全國最大的電器公司工作，月薪二千二百元。

再半年，我們村莊實行農地重劃，爲了塡平重劃後高低不平的土地，請來怪手推土，一小時兩百元。重劃過的田地，一區一區筆直方正，插秧後稻子長成時更覺美麗。田地有兩甲多的我的父親在那一年已經積欠農會五萬多。每個月仰賴著四哥一千元的現金袋過日子。每逢現金袋寄到的那一日，父親的表情都鬆懈許多。

我終於也那麼深切地了解爲什麼父親要我去念師專的原因。

微風裡的十一月

記憶裡的十一月，下午四點多，剛剛上完體育課，因爲不必參加降旗典禮而心情很好的我們，一面講著，一面鬧著要回教室，然後，看見了玉琳在大鄧伯花架下等著。

九月新學期開學以後，玉琳和我不同班了，不過距離也不遠，就在隔壁班而已。我們經常約定放學後在離教室不遠的大鄧伯花架下見面，所做的是談話或者看書，最多的時候是以這裡爲起點，一起繞著校園，散步觀看花園裡的玫瑰、茉莉，或者其他花木，察看樹上的鳥類動靜……，最後玉琳陪我走到糖廠小火車站，再各自回家，而這也正是我們兩人還同班時的每日放學後固定活動。

現在，玉琳在花架下等著。我走了過去。太陽有些傾斜了，光線金黃的透過花架，把大鄧伯花的葉和藤的影子，拖得長長的跌落到草地上去。大鄧伯花正處於開花季節，一簇簇、一簇簇的淡紫軟薄，十分的美，十分的精神，濃烈的味道擴散著隱隱的香甜，隨著微微的風吹拂。

玉琳站在花架下，正好承受著夕陽，臉上亮著光，笑著。我注意到了，她的手上拿著一本書，我看到了，暗紅色的封面上寫著《世界情詩選》。

這本書，我早就熟悉了。兩個多月前的一個星期六下午，在鎮上那家唯一販賣西洋文學書籍的書店裡，我看到了。那次，我把書從架上取下來，簡單的封面設計枯燥的交待出吸引人的內容。站在隱祕的一角打開書，看了一會就又闔上了，放回架上去。回家的路上，坐在小火車上往前行，暗紅色書頁內的幾行句子浮突出來，在牽動著我……。

以後的幾個星期六下午，我又去過這家書店翻閱這本書，溫習其中的幾首詩。暗中熟記了幾首詩，卻始終沒買這本書，彷彿這本書放在書包裡，或者放在自己的書架上，不會比任何一本新潮文庫更理直氣壯。

我沒有特別去看玉琳的表情，假裝淡淡的說：「妳買了這本書啊。」

「是啊，買了。昨天晚上看了好久，有幾首……，這一首……。」

玉琳熱烈的指出其中的一首。

是的，那一首正是我曾經在一次又一次的星期六下午，在書店裡並不明亮的燈光下熟讀過的。因摔傷脊椎而體弱臥病的勃朗寧夫人寫著：

我是怎樣的愛你？讓我逐一細算。
我愛你，盡我的靈魂所能及到的，
深邃、寬宏，和高度——正像我懷念，
玄冥中上帝和深厚的神恩。

我們讀著，默念著。記憶中，我們好像是在校內那條有名的七里香徑來回走了三次，再繞了一圈操場，最後在充滿鳥聲的一株尤加利樹下佇留。鳥，是一大群麻雀，愉快的叫著彼此，樹葉輕輕撞擊。

太陽的餘光變得很細薄了，初冬的南台灣暖暖卻又微涼的傍晚，多色的霞彩慢慢湧現，夜色逐漸漫近……。不用刻意使用語言，時間似已靜止。我在想，我們不算懂得情愛。而且，我不打算去懂。但是，在如此的氣氛下，兩個十四歲的文藝少女，在作夢，在幻想，在感應。一次又一次。

月桃花

很早就注意到她了。

開學的第一天，導師要我們自我介紹。班上同學一個個站起來講，有的大方，有的羞澀；有的講不出話來，有的侃侃而談。陳玉琳就是大方而言語清晰的那種。

很巧，她就坐在我的前面。要和玉琳相熟並不難，每天早自習她總是轉過頭來和我講話，講些日常瑣事，都要講到教官出現在走廊上了，她才會轉回去，並低下頭來看書。這些極為生活化的瑣事多半很有趣，像是看電影或者和姊姊吵架等等，常常使我就要笑出來。

玉琳住在鎮郊的一個村子裡，父親是糖廠職員，母親是日本某教的傳道師。小學畢業時拿的是縣長獎，曾代表學校參加各種比賽，她的身材瘦小，聲音卻是清脆響亮。玉琳說，

五、六年級時級任老師給她的唯一訓練就是演講，可惜，在各種國語演講比賽裡，最好的成績祇是全鎭第一名，並未在縣比賽有什麼斬獲；不過，玉琳仍有一項值得驕傲的名次，那就是成績堪稱顯赫的全縣注音比賽第一名。全縣注音比賽，那是國小六年級的我曾經嚮往過的。在那個以農人子弟爲主的鄉下小學，本來應該是我代表去參加的，最後卻是一個來自鎭上的同學代表參加比賽了。我有著些微的遺憾。

下學期開始不久之後，就是準備畢業生遊藝會的時候了。校方規定每班至少要提供一個節目歡送畢業同學。在一次班會裡所討論的都是不一的節目，或短劇，或鋼琴獨奏；最後做成結論的竟是兩個跳舞節目，而且是兩個龐大的跳舞節目。一個是矮個子一組十二人，一個是高個子一組，也是十二人。兩組人都跳舞。

我，被選進了矮個子那一組。小組形成後，玉琳被推舉爲負責人。我們決定跳山地舞，理由很簡單，玉琳說她可以從小學老師那裡借到山地服，能夠節省服裝費用。

可是，遲遲無法開始練習。我想，我們並未把表演很當做一回事。

然而畢竟還是開始了。我們踩著並不複雜的舞步，有時在課後的教室裡練習，有時則到教室旁邊的那三棵相思樹下去跳。

到相思樹下練跳是我所喜歡的。五月的相思樹，濃綠的細細葉片中開著點點滿滿的碎黃花，無意中掉下來，粉粉的鮮黃沾在白色短袖襯衫上，用手彈掉，又像是一陣什麼風不見了。我在練跳中多次玩著這種遊戲。

這是快樂。

至於高個子那組，以班長爲首的她們選了一首非常海洋夏日的曲子，旋律非常輕快。她們所選的服裝就是水兵服，白色貼藍條海軍領上衣，搭配著白色的喇叭褲，再戴上一頂白色海軍帽，十分帥氣。

我們並不很認眞的跳著、鬧著、玩著。有時與高個子組在樹下相見，兩隊人的嬉笑充滿了歡樂。

玉琳的舞步並不嫻熟，她是一面編舞，一面教的，有時還得臨時修正，或者與我們商量，重來再重來。一次又一次的一二三四。

而且，我們唱著：「一處一處開滿月桃花——，遠遠近近都是月桃花。摘一朵花兒襟上插，月桃花呀是奇葩，是奇葩——。假如你心裡亂如麻，你不妨去想月桃花。月桃花呀，月桃花，値得讚美，値得誇——。」

跳著，就隨著這歌的字句，軟軟的跳著舞步，跳到「値得讚美，値得誇——」時，玉琳就會笑起來，我們也隨之笑起來。每一次都是如此。

那時一個星期之中，至少有三天的黃昏是在這樣的唱和跳的情形下度過的。這對祇跳過小學運動會大會舞的我而言，是新鮮有趣的經驗，一種嬉鬧的心情加上些嚴肅的期許。

每次練習完畢都已是五點多，收拾好書包後，先是我陪著玉琳去車棚取腳踏車，然後她推著腳踏車，陪我走向新生路。路的盡頭就是糖廠小火車站。

我們的步調慢慢的，火車六點鐘開，不須趕路。路的兩旁沒有什麼顯著的建築物，比較醒目的祇有二層樓高的若瑟醫院，一棟土黃色的建築，遠遠就看到了；而且，新生路是一條東西向的路，前方的天空毫無遮掩，因此，在緩慢的行進中，有時一個黃昏可以有許多變化，看夕陽更換色彩，看晚霞鋪陳如酒，醉成一片酡紅……。

我說，並且玉琳同意，這也是一種快樂。

表演的那天，節目在下午一點半才開始，可是等我們集合、穿戴好舞服，練跳了三遍，竟是上場的時候了。表演進行得很快速。

音樂一放，我們就跳起來，剛開始還好，然後有人腳步亂了。我們在台上小聲講著話，訂正彼此的動作……，我也連續跳了兩個錯誤，覺得自己就要跟不上了。最後一個動作是在「值得讚美，值得誇——」的「誇」時要圍坐下來。玉琳近乎急切的說：「坐下，要坐下——。」

坐下了。我看見坐在台下第一排的國文老師的笑容，然後感到渾身的不自在與羞愧……。不顧布幕放下，我們竟凌亂的跑下舞台了。

玉琳不講話。默默的迅速換下舞服，我們回到禮堂看高個子組的表演。她們似乎與我們一樣，總是不停有人跳錯，並互相訂正腳步。這樣，玉琳的心情看起來好了一些。

那個傍晚，我們在回家之前，去郵局旁的小吃攤上吃了一碗當歸鴨麵線。飽足的臉上閃著油光和笑意。是六月中旬了。

表演結束了。可是和玉琳走同一條路回家似乎成了每日放學之後的工作。不再練跳了，時間多了許多，可以做的事情也多了許多。

是的，可以做的事情多了許多。學期結束之前的兩個星期六下午，一次去黃金戲院，一次去虎尾戲院，共看了兩場悲劇電影，掉了幾串眼淚。

過了一個暑假，我們的「禮班」竟被拆散分到各班去了。我去孝班，玉琳在仁班，兩班就在隔壁。起初，每堂下課，我們就站到走廊上等對方，常常玉琳在不遠的窗外看著我，或者我去等她。可是慢慢不再熱心相約，彼此在班上也各自尋到新朋友，經常遇見錯身時，似有幾分尷尬。玉琳和著一位住在法院宿舍的同學常在一起，我則與一位來自斗六的警察女兒培養了良好的默契，芬芬和我在每天放學回家之前一定一起講話散步。

高一，玉琳和我再度同班了。排座位時，兩人有意無意站在一起，眞的座位就排著相鄰了。

我們又和從前一樣做著共同有興趣的事，或者共同厭惡的事。一樣的每日我陪玉琳去車棚取腳踏車，然後一起走到糖廠小火車站，中間當然也有所逗留，去書店看書或去吃一碗當歸鴨麵線，經常遲遲的走到火車站，在站前的噴水池旁說完再見，玉琳再騎上腳踏車往反方向回家。

那樣的日子，有快樂，卻也有一股說不出的無處發洩的力量。有一段時間，兩人相約寫小說，並修改對方的作品。玉琳因此得過全省小說創作比賽高中組第二名。但是兩人的行爲也可以無聊到寫信給鄰校男子高中的校刊編輯，批評其中的某些篇章，而爲此興奮一個星期，並企盼回信。

大約基於什麼反叛的心理，玉琳和我都不怎麼認眞讀書，成績僅僅維持在中等。兩個青春期的少女經常無所事事著、蕩著。

可是，我們仍然服從著校規，剪著見到耳垂一公分的短髮（玉琳和我都曾因頭髮整齊合格，而被記上一個優點），穿著膝蓋以下一吋的黑褶裙，每天七點半到校早自習，上課時間不外出，祇有很少數各因不同課程和理由，僞稱頭痛而睡進醫務室；還有，我們都在網球隊，如此可在每天早上藉口不參加升旗典禮。

無所事事著、蕩著。這樣直到升高三前的那個暑假，我們決定狠狠忘卻從前的自己，待一開學就要用功準備聯考。

最後的一次縱情遊蕩是上暑期輔導課之前，兩人去了一趟中部橫貫公路。

那是救國團舉辦的活動，中間安排了許多徒步的路程。玉琳和我總是在一起，坐車時，徒步時，不停講著話。疊疊的高山，巨大的樹林和濃薄不同的雲霧，美麗無塵的風景就在車窗外，在行路間。有時快樂，有時憂鬱。徒步時，是體力的勞動，熱汗淋漓了，臉頰轉紅了，反倒有疲憊之後的舒暢感覺。

在天祥的夜晚，是最後一個夜晚，特別覺得要珍惜。徒步結束了，大家在一起沖澡。穿著內衣褲的我們，夾雜在大部分光著身體的隊友間，仍然緊緊挨在一起。蓮蓬頭大量灑下水，水氣氤氳中，內衣褲濕淋淋地貼在淺淡線條的身材上。互見到對方時，吃了一驚，就轉開了。

晚餐後，玉琳和我出去散步。澄澈乾淨的夜空，充滿了無數亮晶晶的小眼睛，深深的黑藍色山巒，環繞著非常的安靜……。明天就要回家了。在微寒的空氣裡，我說我感動於這樣的景色，並且想要掉眼淚。玉琳則說回家以後，不會再給那個在台中念私立高中的小學男同學回信了。

靜靜回到現實生活。

暑期輔導課開始了。似乎命定的高三祇能埋首於書堆；而玉琳和我都掙扎在某個臨界點上……。高三，眞是無語的一年。

到台北念大學後，在一次前往宜蘭頭城的郊遊中，見到密密的尖長圓葉中，垂下一串串似是帶著露珠的乳白鵝黃花朵，有種熟悉的感覺，在辨認出是月桃花之後，驚喜著。聯考失常的玉琳，進入台北市郊的一家商專，傷心的她還是勉強去念了；而我則在城南。

最初仍通信著見面著，看著彼此的變化，譬如剛開始燙了鬈鬈的少女頭，然後變直留長了，再來玉琳剪了一個埃及艷后頭，衣服的顏色慢慢多了起來……，我們見面最多的地點仍是士林。經常的星期六下午，總是在玉琳租賃的狹仄房間裡，漫無邊際的講著話。黃昏一到，就從她的住所走向夜市。在密集的燈光和人潮中，除了吃食「大餅包小餅」之外，我們也尋著兩人熟識的「當歸鴨麵線」。就在燙熱油光的彼此臉頰上，彷彿又看見了從前的素樸光陰……。

可是，仍然逐漸荒疏了。

很久，想起來仍然隱隱作痛。

北台灣的五月實是光鮮。睽隔多年的月桃花，一串串在前往北海岸的崖壁山間，在蜿蜒的山路旁，開放得自在清新。十分奪目的美，我的內心因而震動了。也會想到和玉琳已有近十年未見面了，身處同樣一座城市，通話、見面都少。可是心裡想著的仍是少年時代的一段時光，和玉琳與我的親密關係，那種每日相互找尋的感覺，就像盛開的月桃花一樣，一串串光潔燦爛，異常的動人。

P.S.給C，紀念一段生命中的美好日子。

筆友

十六歲那一年暑假，參加救國團的夏季活動，認識了一個男孩子。姓劉的男孩子，剛考完大學聯考，正在等放榜。他說他考得很不好。活動的營地是在谷關。幾乎每日都明亮的陽光，把許多座山照射得青翠異常。是在前往鞍馬山的途中注意到他的。戴著眼鏡的白淨的臉顏，有著一絲不馴存在，加上，那時已經進行到暑假的第二個月，因之，他的頭髮有了些長度。

後來同在一處平台上看落日時，才開始說話的。

那時，晚霞毫不保留的抹了半邊天，坐在高處看，晚霞微弱的光，像一層薄紗，也微弱地映漾在臉上，顯得有些淒清。一棵一棵巨樹的黑影，在周圍留下了獨特的魅惑氣氛，我的內心彷彿受到了什麼震動，而不能離開這令人眩迷的黃昏。

不過，山上的七月，寒意仍然襲擊了我。

我說，涼了，要回室內去了。

接著，劉和他的朋友也跟著起身。

整個活動結束後，我們交換了彼此的通訊地址。

窒悶的八月一到，劉的信來了。簡述聯考心情，悲憤中帶著深沉的無可如何的宿命。

中旬，放榜。仔細的找過報紙上所登的名字，沒有劉。

很快，我收到了劉的信。他認爲分數與自己估計的相去不遠，共寫了三張信紙的自責和對聯考此一制度的極度不滿。也責備自己過去一年太懶散不用功。

我能說什麼呢？因爲將來自己也必須面對這一問題。

然後，在信中，劉告訴我他個人的排遣失敗挫折之道，是在自家山坡上種植梨樹的果園，勞動又勞動。勞動的時候想到一些人生的問題，尤其是人生的意義。

勞動又勞動，勞動到九月中，劉還是收拾書本到台北的補習班上課了。

我們的通信繼續著，並不頻繁。中間甚至有一段時間空白著。劉的補習班生涯似乎乏善可陳；而我，則忙於校內的社團。那時，爲了逃避早晨的升旗，我藉口參加網球隊練球，但是通常是坐在場邊看球；此外，我還訂了自己的閱讀計畫，打算在能看課外書的最後一年，把喜歡的作家著作都讀完。我隱隱有個志向在形成，而也願爲這志向前進努力。

不過，有一次劉述及自己的感情困擾，我不知如何回信。曾經收到鄰校一男生的來信，敘說在某次縣救國團的什麼會見過我，並願和我做朋友種種。我未回信而終至不了了之。

第二年的八月中旬很快來到。那日的嘉南平原上空，晴朗無雲，廣闊的藍色連綿到地平線上。

我騎著腳踏車到鎮上去買一份報紙。在十五分鐘的路程中，愉快的想起許多事情，還有，我祝福劉順利考上一個學校，有光明的前景。

之前發生過一段小插曲。

考完後，劉來一封限時信，說他把心情豁出去了，不願再自苦，決定和朋友騎摩托車往南部一遊，中途想順便來拜訪我。看到信的時候是我上完半天課，卻遲遲返家的黃昏。用過晚餐以後，終於我想到一個理由可以告訴劉，在他可能來到的那日，我正好約了同學一起去看一位素所敬愛的老師。

不知爲何要那麼說。劉要來看我，要相見，我感到很不安。

伏在桌前，我用堅定的筆跡和語氣告訴劉，我不能對老師失約。

寫完，封好信，貼上郵票，已近八點。騎上腳踏車，在黑夜中向鎮上唯一的郵局飛奔。

到達時，看見郵筒上標示的「限時專送」收信時間已過，心中大感慌亂。轉身看見窗口仍有燈光溢出，想到可以一試。

室內的一位工作人員正在分信，看見我，趨近窗口，問道：「有事嗎？」

我提高聲音說：「還收限時信嗎？」

「收呀，馬上就送走了。」

那和善的工作人員伸出手接過信。

返家的路上，滿天的星斗照得地上發出光。隨著，整夜幾乎不能成眠。

報紙買回來了。在書桌上攤開，外面的陽光炙烈，透過木框窗檯，彷彿曬在我的找著名字的眼睛上，找到劉的名字的時候，額頭滲出的汗水滴了下來，在報紙上暈染開了，特多龍白短袖襯衫貼黏著背上，我感覺，天氣太熱了。

劉的名字出現在某個專科學校的圖書資料科。

劉似乎很高興的去念了。他說他要整理一些美學的東西。

我對美學尚未接觸，不過，我進入高三了。

在我們的鄉下女子高中，聯考幾乎只是全年級中前兩班的事。我在第一班，不可避免的，大考小考多起來了。我極力想把心收回來放到書本上。每天下午四點以後多上一堂輔導課，輔導課上的是過去兩年裡念過，卻早已印象模糊不清的歷史、地理、國文和數學，以及新加入的三民主義。

在這個沒有升學率的學校，任何一個科目的老師，來到我們班上，仍然要說些期許的話。國文老師說：「妳們一定要考上大學才有前途。」歷史老師很認眞的把六冊課本整理，刻成講義，要我們背。

我時常對著書本發呆。

劉來信問我：「快樂嗎？」

我說快樂的。上各種課時，就讓自己在一塊想像的田野上奔跑。在一大片無涯無垠的草原上，我跑得飛快，從來不曾停下來仔細觀察草原上的花和植物，和鳥類，和小昆蟲……，一直跑……。

一直跑……。

我耽溺於那樣的想像。每次在那一塊田野奔跑，奔跑，直到跑出了眼淚，那樣的想像才戛然而止。彷佛沉靜，彷佛激動，一日一日的，我在其中數度往返。

劉又問準備得怎麼樣。

我說還在追趕自己訂的進度，但是要開始很專注很專注的念了。

感覺上，那一年過得十分緩慢。一方面緊張著擔心著就要念不完，但另一方面，卻又希望日子快快過去。

這時，劉告訴我他的一個感情的形成。

他不再談美學。我的日子明顯的悵然若失，但又說不出眞正的原因在哪裡。

日子是那樣慢慢經過。

然後，一位認眞拚命的同學爲了提醒班上某些愛玩愛鬧的同學該念書了，同時也不要吵到其他人的情緒，每日，在黑板的左上方角落，大大寫下了100、99……，就是說距離聯考剩下一百天、九十九天了。這些大大的阿拉伯數字就在我的座位前方，一抬頭即可看見。

這些阿拉伯數字一天一天的縮小，縮成「50」時，我悚然一驚，決定要整治自己的讀書心情。我決定不再給劉寫信，我想彼此有各自的世界了。

停止寫信以後，心中的一些情緒活動逐日平息，我眞的努力準備考試了。但那也是很苦行的，每天放學就獨自把自己關閉在房間裡，很長的時間不再言語，也沒有其他聲音的誘惑。只有一盞尚稱柔和的燈，把桌上的文字顯現成一種淡黃的美。淡黃紙頁上的黑色文字一行一行排比開來，我一行一行閱讀，試圖尋獲一種使自己更加堅忍的方法，可以明天後天的持續下去。那些文字仍然包括了劉寫給我的信，他的文字確實很迷人，當我的眼光在這些迷人的文字中來回時，心情總是沉澱了。那些吐露的訊息，又給我許多生活的安定力量。

我需要那樣安定的力量。

終於考完。

接下來，長長的一個月餘等待放榜的日子裡，我慢慢拾回從前的嗜好和習慣，整理書籍、信件，或者收集採製的植物花朵標本，並閱讀新買的幾本小說。日子有了平靜和希望，我想一個新的生活形態，即將加入自己的生命了。

八月中旬踵至。我像去年一樣，在烈日下，騎著腳踏車去鎮上買一份報紙。由於先前已拿到成績單，對照過分數表，所以大約知道自己的名字將在哪所大學、哪個系上，因此並不緊張。

報紙在書桌上攤開，很快，找到了自己的名字。蓄積已久的快樂油然生出。闔起報紙的時候，不經意的看見一個熟悉的名字，是劉。劉的名字在另一所學校的英文系上。

我不敢確定是否同名同姓。與劉已經兩個月沒有聯絡，他也不曾提及重考之事。

二日之後，劉來信，是他。眞心爲他考上大學而高興，畢竟他考了三次。

我的新生活開始得有些生澀，最先是城市的適應，然後又是個人情緒之困擾。車聲、人聲和狹窄的空間，都使我神經質般難以忍受。正確的說，我想念嘉南平原的風景，我想念在那樣乾淨的風中暢快走路……。我時常陷入紛亂鬱躁的狀況。

劉就住在城市的另一端。我總是記起他。我們仍然寫信著，互相寫一些不關痛癢的事情。念了大學的他，可以感覺得到，文字間行走的是一股歡快的氣氛。

三個月後，一個感情事件在我身上發生了，發生得不可思議，我並接受一份感情所帶來可能衍生的各種情緒。

我總是記起劉。

可是我們尚未見面，沒有人提議見面。

然而，在一部前往城南的擁擠公車上，我們遇見了。

是在中午時分，我正要去學校上課。上了車，正挪著身體試著找一個可以站穩的地方，我抓著藍色吊環，突然感覺一雙熟識的眼光在移動，因著這熟識的牽引，我轉身……。

那是劉，正在注視著我。我的目光，我想，勇敢迎了上去……，他微笑的告訴我，他剛下了課，要回家去，說完了又笑笑。身旁坐著的是一位看起來與他默契良好的清秀女子……，我說我要去學校上課。

然後就彼此沉默著，直到我下車前互道再見。

那次的意外見面是這樣的結束了。

信越來越少，但我總感覺到他與我同樣的，在這個城市裡呼吸，甚至，在教室旁的荷花池佇立，也會想起劉說過的，他曾經來過這所學校一次，印象中的粉紅荷花，在夏日的午後睡著了。他說過這樣的話。他仍然是一位互相關心的，可以信賴的朋友。

四年過去，我畢業了。在城市裡生活了四年，畢竟也了解了一些生活和人與人間的應對。我逐漸可以自在的欣賞一些原本認爲劣質的事物，我逐漸放鬆了心情生活著。

當然也會想起劉和美學。剛進大學的半年內，我已經讀了部分的美學著作。感謝他提醒我這一令人心醉的學問，感謝他的文字曾經在暈黃的燈光下，溫柔地陪伴我度過一段困難的光陰……。

我仍然記起他。

紅柿子

當那個身材矮胖、滿面笑容，走起路來抬頭挺胸的男子走進我們教室後，我的內心著實重重的失望了一下。在一陣輕微的騷動中，我的耳朵也聽到了一些歎氣聲。這一年的歷史老師就是他了。

這男子用粉筆輕輕在黑板上寫下名字，並注明二十九歲（誰在意他幾歲？），然後一頓，說：「我的別號是阿火，我喜歡火，火，熱烈的，就是燒燬一切舊的東西，一切應該掃除的東西，最重要的是，燒燬舊文化……。」

這一段話聽起來很是石破天驚。

不過，似乎沒有多少人理會他這一段宣言。畢竟，高二正是十七歲的年紀，除了作作白日夢，幻想著有一個英俊的白馬王子，騎著白馬前來解救受困在功課城堡裡的自己以外，能關心的事情似乎就很少了。況且，阿火個子不高，貌不驚人，談吐普通，這些寂寞的十七歲們，課更是上得心不在焉了。

阿火，我實在不想對他的課產生興趣。上課時，聽著他沒有明顯高低的音調，很快就不能集中精神了。多半我也在作著白日夢，隨便夢著、夢著；或者偷偷閱讀昨夜尚未讀完的小說，情況好的話，還可以再開始新的一本。這樣的上課對我而言很自由。不過，聽到校長、或者教務主任，甚或教官的腳步聲，很快我就會警醒過來，收好小說、收好心情，聽聽阿火在講什麼。

阿火在講著些什麼？

阿火把歷史課本攤開在講桌上，眼睛不時瞟向課本，他幾乎是照著念的，他打開的正是和我打開的同一頁。一個不認眞的老師。我斷定他對教書不熱忱，上課之前並未充足做準備，祇好照本宣科。一定又是一個教完一年就回台北的老師。這是這個鄉下高中經常發生的事情。

阿火若有什麼吸引人之處，是在於照著課本念完之後，接著的是他的個人言論。在講述的外國歷史中，隨著年代的演進，經常有新的思潮發生。阿火急切的介紹著這些新思潮，還有哲學家。譬如自由主義，譬如齊克果。阿火喜歡停了一下，然後兼及一些時事的批評。並不激烈的，溫和的他總是笑著講。他實在是一位好脾氣的老師，即使他知道聽他在講著什麼的人沒有幾個，阿火還是笑著繼續講。

十一月開始不久，有一天，才剛剛結束降旗典禮，今日拖了那麼久是因爲教官講了許多注意事項。所以現在教室內一團亂。通常學生在趕四點二十分發車的客運。那四部台西客運車早就升著火等在校門內，隨時都有跑走的可能。突然廣播要玉琳去找某老師。玉琳正在快速收拾書包，因爲她要陪我去趕車。抬起頭，她不安的看了我一眼，說：

「等我回來。」

說完，就往行政大樓的方向跑去了。

十五分鐘後，玉琳回來，帶著詭譎的笑容說，有人要她在歷史課上記下老師講的話，就像寫筆記一樣。

「你要記嗎？」

「我也不知道。」

在南部特有的初冬暖暖斜陽中，玉琳懶洋洋的回答，拿起書包掛到肩上去，和我走向台西客運。

此後的歷史課，對玉琳或者是我恐怕都是難以忍受的一段時間。阿火在講台上時，玉琳近乎焦躁的轉著原子筆，轉著轉著，筆掉下來發出尖利的聲音。當這支筆停止轉動，又是我極端不自在的時刻，我無法再進行小說閱讀，同時好奇心萌發，玉琳是不是眞的記了？記了什麼？

幾乎每次下課，第一件事就是詢問玉琳，而她回答我的往往是一張白紙或者幾張紛亂的圖畫。上課間，看著阿火一直高高興興笑著講課的臉容，又有悲憫荒謬的感覺。

此後，總是有不同的校方人員在不同的時間內前來巡堂。有一次某位巡堂老師特別在窗外走廊上停了好一會，阿火的臉部表情和聲音都有幾分僵硬。

一個月後，玉琳又被某老師找去。從此，玉琳在上課時，眞是開始寫筆記了，最多的是雙眼瞪著黑板，偶爾低下頭寫字，一下課就往行政大樓跑。那些筆記我看過幾次，玉琳記下的上課內容，和課本相去不遠，可以說是摘要。她故意遺漏一些課本以外的部分。

很快，學期結束。又很快寒假過完。

我們與阿火又見面了。

新學期開始，玉琳不再寫筆記了。她說反正某老師沒再找她，而且阿火也沒有什麼了不起的言論，就自動停止了。

停止筆記後的玉琳，上課時經常和阿火針鋒相對，挑剔他的上課內容，被搗蛋的阿火也不生氣，祇有笑嘻嘻的看著玉琳而說不出話來，如此一來，玉琳更是樂此不疲了。

幾個禮拜後，有一天黃昏，我和玉琳還在遊蕩著，遲遲不想回家。在校外的老師宿舍區遇見阿火，我們就站在大門口講話，講了很久，都是些不著邊際的話題。突然玉琳說：

「老師，可不可以跟你借幾本書？」

「好啊，進來看啊。」

阿火走在前面，我們跟隨在後。這是單身宿舍，一排平房，一個紅色木門，木門之內是幾株高大的聖誕紅，張開的枝葉遮去不少光，因而一個不算太小的庭院顯得陰暗，老舊而近乎粗陋的長形水泥房子裡隔了幾間單人房，進門處擺了一組沙發算是客廳。有位男老師就坐在那裡看書。

這就是單身宿舍了。

進入阿火的房間，這個單身男子，房間內祇有一張單人木床、一張木頭書桌，一把木頭椅子和一個木頭書架，淺綠色的棉被疊得整齊，牆上貼著一張日本影星吉永小百合的月曆海報，幾個紅色的字：「信東製藥股份有限公司敬贈」，大大的印在下方。

我並不預期在這裡碰到吉永小百合，於是避開了那甜美的笑容，眼睛看向書架。那些數量不多旳書中，幾本是思想史方面的書，大部分則是文星、新潮、水牛和傳記文學所出版的書。曾經想像他有許多文學書籍，但卻沒有看到，多少我是有些失望的。阿火正在介紹自己的藏書，按照順序抽出一本又一本，熱心推薦。他熱心得近乎半強迫的要借我們書。

我說我想借的是翻譯小說。阿火帶著笑指著另外一個房間，那是隔壁班國文老師的房間，說：「哦，那麼你們應該去找他。」

離開單身宿舍，天已快黑了，晚霞懶懶的貼著天邊。我急急想回家，玉琳卻是慢吞吞，戀戀不捨的，從宿舍區回到教室拿書包，就費去二十分鐘左右。然後，玉琳蒼白著臉說：「我一定得跟他講。」

重新回到宿舍區，天已全暗。她眞的對阿火說出她曾經記錄他的上課內容。

阿火聽完笑了起來：「我早就知道了。」

然後傳說阿火就要離開了。

最後一堂課，阿火透露著就要回台北去了。原因是他的兄姊都在外工作，自己應該回家陪伴父母。他在黑板上寫下地址和電話，說一年後我們考上大學，可以去找他，去他家玩。有些人抄下他的地址和電話，我也抄下了。不過對於他要離開，似乎大家都羞於表達挽留之意。

我是在三年後才去找他。

那是在學期中的一個假日（好像是一個秋天的節慶），玉琳和我尋著地址來到阿火在城南巷弄中的家（中間兩次找不到，打了兩次電話）。那是一棟典雅的日式房舍，按了鈴，阿火的母親熱情的打開紅門，親切招呼我們入內，進了門立即看到阿火滿臉堆笑的穿過茂密的桂花樹（正開著花呢），出現在眼前，帶我們到寬敞的前廳坐下。

玉琳和我有些尷尬的坐著，阿火卻是開朗的講著話。他問著台北的生活怎麼樣，書讀得如何如何，有沒有交男朋友等等。

幾分鐘以後，氣氛稍稍熱絡了些。玉琳反問阿火在哪裡工作（他答以擔任一家貿易公司的總務）；難道這個工作比教書有意義嗎；這麼老了還不結婚，難道心裡不著急嗎？這樣不停問著，正好捧著一盤紅柿子進來的阿火母親聽著笑了。

紅柿子來到我的面前，伸手拿了一個，玉琳也拿了一個。阿火還是滿面笑容，他也伸手拿了一個。透紅的柿子在他半舉的手中，溫潤美滿。他，愉快的當著母親的兒子吧。

再見到阿火時，他就帶著懷孕七個月的妻子請我們吃飯。當時，已經從學校畢業，進入社會工作，並有三、四年油條經驗的我們，興致高昂不停開著他的玩笑，一絲一毫師生的界限都沒有。

不記得那一夜是怎麼結束的，或者阿火的妻子怎麼看待我們這一群她丈夫的學生。不過，心裡倒有悵惘的感覺，阿火，火，想要燒燬一切的火，畢竟落入眞實的生活中了。

後來，更正確的說，包括做學生的我們，個個都落入眞實的生活了。我們面對著眞實生活，對於發生過的往事也不願再相尋。

半年前的某日，同事留下一個要我回的電話號碼和姓名。是已經十餘年未見的阿火。給他回了電話，他非常高興的說著如何找到我的電話號碼的緣由，又述及他參加的一個社團，這個星期六晚上正是社員的定期聚會。很久沒有見面了，他希望我能一起去，見見面，講講話。

那夜，去了阿火說的這家餐館，進入會議室，演講者正在使用投影機。近乎昏暗的燈光中，我看見貼在前方黑板上的社徽，一雙手捧著一片初生的葉子。演講者專注敘述著台灣的水資源和應用種種。

整個會場約有二十餘人，他們大部分是中年人，其中二、三人的臉龐十分眼熟，似是經常出現在某些議題的社會運動者。我站在入口處搜索著阿火的背影……，我看見他了，他也正好轉身看見了我。

阿火帶著笑，向我走過來。

「我們請來的演講者大都是環保、教育和弱勢團體之類的專家。」

走出會議室的阿火這樣對我說。

「坐一下好嗎？」

坐下來的阿火，開場白很短，便講課一般的說了起來。他從自己的婚姻開始敘述。是在一次花蓮的旅行中認識當地生長的妻子，通信一段時間後結婚。也是一般的婚姻，柴米油鹽和兒女教養的煩憂與樂趣，時光忽忽的過了。

他說著的是這幾年來的生活。

「現在就參加社團活動，有什麼事主動做，有個事情做，覺得自己很有活力。」

阿火說著自己笑了起來。

那個晚上談的都是現在。諸如日子過得興致勃勃，很平凡的願意努力。所有的談話中，阿火始終沒有觸及過去在鄉下教書的那一年。他總是笑瞇瞇的圓臉，讓我想到去他家找他的那一次，他手上的紅柿子……，雖然，玉琳蒼白的臉也同時略過腦際……。

我，當然也沒提起那一年的故事。

28.	台灣原住民族漢語文學選集——詩歌卷	孫大川主編	220 元
29.	台灣原住民族漢語文學選集——散文卷(上)	孫大川主編	200 元
30.	台灣原住民族漢語文學選集——散文卷(下)	孫大川主編	200 元
31.	台灣原住民族漢語文學選集——小說卷(上)	孫大川主編	300 元
32.	台灣原住民族漢語文學選集——小說卷(下)	孫大川主編	300 元
33.	台灣原住民族漢語文學選集——評論卷(上)	孫大川主編	300 元
34.	台灣原住民族漢語文學選集——評論卷(下)	孫大川主編	300 元
35.	長袍春秋——李敖的文字世界	曾遊娜、吳創合著	280 元
36.	天機	履　彊著	220 元
37.	究極無賴	成英姝著	200 元
38.	遠方	駱以軍著	290 元
39.	學飛的盟盟	朱天心著	240 元
40.	加羅林魚木花開	沈花末著	200 元

世界文學

1.	羅亭	屠格涅夫著	69 元
2.	悲慘世界	雨果著	69 元
3.	野性的呼喚	傑克・倫敦著	69 元
4.	地下室手記	杜斯妥也夫斯基著	69 元
5.	少年維特的煩惱	歌德著	69 元
6.	黑暗之心	康拉德著	69 元

POINT

1.	海洋遊俠——台灣尾的鯨豚	廖鴻基著	240 元
2.	追巴黎的女人	蔡淑玲著	200 元
3.	52 個星期天	黃明堅著	220 元
4.	娶太太，還是韓國人為好！？	日・篠原 令著／李芳譯	200 元
5.	向某些自己道別	陳樂融著	220 元

幸福世界

1.	蜜蜜甜心派——幸福的好滋味	韓・李美愛文／曲慧敏譯	260 元

朱西甯　作品集

1. 鐵漿　240元
2. 八二三注　800元
3. 破曉時分　300元

王安憶　作品集

1. 米尼　220元
2. 海上繁華夢　280元
4. 閣樓　220元

以下陸續出版

3. 流逝　260元
5. 冷土　260元
6. 傷心太平洋　220元
7. 崗上的世紀　280元

楊　照　作品集

1. 為了詩　200元
2. 我的二十一世紀　220元
3. 在閱讀的密林中　220元

以下陸續出版

4. 問題年代
5. 大愛
6. 軍旅札記
7. 給女兒的十二封信
8. 迷路的詩
9. Café Monday
10. 黯魂
11. 中國經濟史
12. 中國人物史
13. 中國日常生活

成英姝　作品集

1. 恐怖偶像劇　220元
2. 魔術奇花　240元

文學叢書 40

加羅林魚木花開

作　　者　沈花末
總 編 輯　初安民
責任編輯　陳思妤
美術編輯　張薰方
校　　對　林其煬　陳思妤　沈花末

發 行 人　張書銘
出　　版　INK印刻出版有限公司
台北縣中和市中正路800號13樓之3
電話：02-22281626
傳真：02-22281598
e-mail：ink.book@msa.hinet.net
法律顧問　漢全國際法律事務所
林春金律師

總 經 銷　成陽出版股份有限公司
訂購電話：03-3589000
訂購傳真：03-3581688
http：//www.sudu.cc
郵政劃撥　19000691 成陽出版股份有限公司
印　　刷　海王印刷事業股份有限公司

出版日期　2003年7月 初版
ISBN 986-7810-49-X
定價　200元

國家圖書館出版品預行編目資料

加羅林魚木花開／沈花末著.－－
初版，－－臺北縣中和市：
INK印刻，2003〔民92〕面；　公分

ISBN 986-7810-49-X（平裝）

855　　92008672